青年诗歌年鉴
2023年卷

谭五昌 主编

时代出版传媒股份有限公司
安徽文艺出版社

图书在版编目（CIP）数据

青年诗歌年鉴. 2023 年卷 / 谭五昌主编. -- 合肥：安徽文艺出版社，2025. 6. -- ISBN 978-7-5396-8371-3

Ⅰ. I227

中国国家版本馆 CIP 数据核字第 20255U4D59 号

出 版 人：姚 巍
责任编辑：张星航　　　　　　　封面设计：石 晓

出版发行：安徽文艺出版社　　www.awpub.com
地　　址：合肥市翡翠路 1118 号　邮政编码：230071
营 销 部：(0551)63533889
印　　制：安徽新华印刷股份有限公司 (0551)65859551

开本：787×1092　1/16　印张：20.75　字数：320 千字
版次：2025 年 6 月第 1 版
印次：2025 年 6 月第 1 次印刷
定价：68.00 元

（如发现印装质量问题，影响阅读，请与出版社联系调换）

版权所有，侵权必究

《青年诗歌年鉴（2023年卷）》编委会

主　　编：谭五昌
执行主编：吴光琛　王舒漫　林志山
副 主 编：于慈江　陈欣永　路文彬　肖　武
编　　委（排名不分先后）：

陆　健　　庄伟杰　　杨四平　　何言宏　　杨海蒂
刘　川　　赵金钟　　干天全　　陈小平　　彭惊宇
安海茵　　张德明　　吴投文　　孙晓娅　　徐丽萍
刘春潮　　龚奎林　　伍世昭　　白公智　　梁　潮
水云音　　冰　峰　　周占林　　言小语　　马　丽
安　琪　　王昱华　　大　枪　　刘　波　　布木布泰
北　遥　　胡建文　　罗小凤　　王学东　　龚永松
邓　涛　　胡刚毅　　欧阳明　　马慧聪　　任美衡
郭思思　　晏杰雄　　戴春雷　　殷晶波　　上官文露
王德领　　肖章洪　　陈　琼　　钟　琴　　刘君君
汤红辉　　盛华厚　　贺小华　　周乐开　　龚　刚（中国澳门）
度母洛妃（中国香港）　　戴凤萍（中国香港）
舒　然（新加坡）

目录
CONTENTS

第一辑　年度推荐青年诗人

谢雨新的诗 / 002
别摇动我的心，我不知道该说什么话 / 002
云雾 / 003
落星墩 / 003
醉石 / 004

蔡淼的诗 / 005
在我最好的时候 / 005
牧场 / 006
蒙古马 / 006

安然的诗 / 008
山骨 / 008
贡格尔草原之夜 / 009
昭乌达盟的风 / 010

林萧的诗 / 011
放风筝的老人 / 011
父亲牵起母亲的手 / 012
故乡辞 / 012
长白山人参 / 013

言小语的诗 / 014
  凝聚 / 014
  交锋 / 015
  信笺 / 015

肖扬的诗 / 017
  浑然不觉 / 017
  森林童话 / 018
  探窗 / 018

蔡英明的诗 / 020
  透明 / 020
  虚词 / 021
  巴别塔 / 021

李新新的诗 / 022
  探险 / 022
  大雪 / 023
  翻涌 / 023

范丹花的诗 / 025
  郁孤台下致稼轩 / 025
  再见，澜沧江 / 026
  老屋记 / 026
  平江路听昆曲 / 027

林杰荣的诗 / 029
  集装箱 / 029
  慢火车 / 030
  父亲的草稿纸 / 030

刘华的诗 / 032
　　雨 / 032
　　水果刀疤 / 032

柳碧青的诗 / 034
听说故乡在下雪 / 034
　　木匠 / 034
　　微小 / 035

余雨声的诗 / 036
　　天空之城 / 036
　　记忆 / 036

张端端的诗 / 038
　　初雪 / 038
　　略小于一 / 038

郑泽鸿的诗 / 040
　　渔歌 / 040
　　艾溪湖的黄昏 / 040

王悦的诗 / 042
　　蚓 / 042
　从迷雾中穿过 / 042
　　羞避 / 043

野子的诗 / 044
　二十八岁书 / 044
　　夏日来信 / 044
在秦州想到杜甫 / 045

龙飞宇的诗 / 046
我的手空着 / 046
我试图写下生命的证词 / 046

余元英的诗 / 048
拉萨的河 / 048
牦牛 / 048

刘倩的诗 / 050
献给母亲 / 050
异乡 / 051
在列车上 / 051

卢悦宁的诗 / 053
在银滩 / 053
海边来信 / 054
只此湛蓝 / 054

罗紫晨的诗 / 056
蜘蛛，或其他 / 056
外祖父与酒 / 056
祖母的絮叨 / 057

唐鸿南的诗 / 058
每一棵树 / 058
有一个地方 / 058

吴硕的诗 / 060
审美超越 / 060
细雨的问候 / 060

一梅的诗 / 062
　　蝴蝶 / 062
　　某些日常 / 063
　　夜幕降临 / 063

鱼小玄的诗 / 065
　　深巷少年 / 065
　　那年，琥珀色小镇下了雪 / 066
　　山坳人家的橘酒 / 066

梁甜甜的诗 / 068
　　郊祭坛 / 068
　　麻雀英雄 / 069

树影的诗 / 070
　　犀鸟 / 070
　　猪牙花 / 071
　　我所期待的爱情 / 071

苏瑾的诗 / 073
　　夜色中的灯火 / 073
　　麦田 / 073
　　博物馆里的柿子 / 074

臧思佳的诗 / 075
　　红沿河，花溪谷 / 075
　　复州城衔着一枚月亮 / 075

王珊珊的诗 / 077
　　黑沙滩九月 / 077
　　最瘦的月光 / 077
　　夕阳有了缺口 / 078

席地的诗 / 079
    醒来 / 079
    安眠曲 / 079
    春天 / 080

第二辑　华北地区青年诗人

阿步的诗 / 082
    大风起 / 082

车卓航的诗 / 083
    黑暗中的自愈 / 083

陈赫的诗 / 085
    白鹭念 / 085
    孤本纳木错 / 086

独孤赟的诗 / 087
    山河雪·颠沛 / 087
    海底到天空的距离 / 088

管兴略的诗 / 089
    玫瑰诵 / 089

韩其桐的诗 / 091
    理想生活 / 091
    窗前偶得 / 091
    一瞥 / 092

荆卓然的诗 / 093
    一列煤车从眼前驶过 / 093

仰望煤城的夜空 / 094

敬笃的诗 / 095
月亮之下 / 095
我对着石头说话 / 096

李宁的诗 / 097
一代人 / 097

李振的诗 / 098
海岛 / 098
高原上的风 / 098

利寒的诗 / 100
牧马天涯：马背给我依靠 / 100

孟康杰的诗 / 101
如花 / 101
小暑 / 101

沐昀的诗 / 103
秋分 / 103
北风 / 103

芸姬的诗 / 105
姜姜 / 105
石榴 / 105

冀秀成的诗 / 107
冬季听雪 / 107
生命在于运动 / 108

刘祥玺的诗 / 109
  故乡 / 109

周园园的诗 / 110
  如约而至 / 110
  唯一的我 / 110

第三辑 华东地区青年诗人

甘恬的诗 / 113
  花土沟的花香 / 113
  澳门的灯火 / 113

韩卓颖的诗 / 115
  秋沙鸭 / 115
  小城三月 / 115

鹤晴天的诗 / 117
  流浪 / 117

洪小虎的诗 / 119
  书签 / 119
  梯 / 119

黄小雅的诗 / 121
  绿 / 121
  古典 / 121

李安棣的诗 / 122
  你的告别 / 122

李旻的诗 / 124
　　回家 / 124
　　像秋天一样饱满 / 124

李磊白的诗 / 126
　　渴望 / 126
　　人间 / 126

林映君的诗 / 128
　　孤独的人捡蝉鸣 / 128
　　春天像一把慈悲的蒲扇 / 128

洛白的诗 / 129
　　乐园 / 129

罗派的诗 / 130
　　雨没有留住你 / 130
　　空白的山野 / 130

王傲雪的诗 / 132
　　自由 / 132

王钧毅的诗 / 133
　　梦的延续 / 133
　　出海 / 133
　　哈拉湖 / 134

王欣妍的诗 / 136
　　第三人称的牧羊人 / 136

吴衍的诗 / 137
　　诗是母亲 / 137

谢健健的诗 / 138
  千户苗寨 / 138
  青海湖来信 / 139
  兰州，黄河上的城市 / 140

秀春的诗 / 141
  在一条街上获得的快乐 / 141
  行走的花 / 141
  我喜欢 / 142

杨维松的诗 / 143
  相遇江城 / 143
  在医院 / 144

易文杰的诗 / 145
  像刚看到这个世界那样蓝 / 145

尤佑的诗 / 147
  离心力 / 147

章雪霏的诗 / 148
  星际游乐场 / 148
  分行 / 148

钟业天的诗 / 149
  雨湖公园 / 149
  赣州西站 / 149
  青年路 / 150

肖博文的诗 / 151
  雨夜 / 151

老那图的鹰 / 152

刘舒怡的诗 / 153
告别西北 / 153

第四辑　西北地区青年诗人

包文平的诗 / 156
大地上写诗的人 / 156
背柴火的女人 / 157

马永霞的诗 / 158
冬天的声音 / 158
梦 / 158

才仁久丁的诗 / 160
笛身 / 160

郭伊丽的诗 / 161
异变 / 161

孔顺茜的诗 / 162
某家书店 / 162
车过戈壁 / 162

黎青河的诗 / 164
吹泡泡 / 164
我要开花 / 164

诺布朗杰的诗 / 166
紫青稞 / 166
坪定村偶得 / 166

宋自天的诗 / 168
缄默 / 168
高昌王的遗憾 / 168

陶汝豪的诗 / 170
落日 / 170
安集海大峡谷 / 170
立秋 / 171

徐存虎的诗 / 172
我们和雪 / 172
天空的一个瞬间 / 172

杨阿敏的诗 / 174
贺兰山日落 / 174
在汽车里追日落 / 174

袁丹的诗 / 176
雨后，河流上无法抹去的背影 / 176
藏在骨子里的雪 / 176

张彩红的诗 / 178
站在山顶上 / 178

左右的诗 / 179
青海湖的马 / 179
春天的花裙 / 179

第五辑　西南地区青年诗人

阿别务机的诗 / 181
　　回答 / 181
　　母亲的锄头 / 181

超玉李的诗 / 183
　　白发赋 / 183
　　口袋荒 / 183
　　在丽江 / 184

胡光贤的诗 / 185
　　路上 / 185
　　兰 / 185

胡木的诗 / 186
　　迷幻摇滚 / 186

胡旭的诗 / 187
　　闲居有感 / 187

简敏的诗 / 188
　　探幽 / 188
　　栀子令 / 188

李涵淞的诗 / 190
　　故土 / 190
　　春衰 / 191

刘崇周的诗 / 192
　　大海，一个人的独白 / 192

龙华的诗 / 193
  洋芋 / 193

龙书丞的诗 / 194
 我们都很沉默 / 194
 纳雍河随想 / 194

米吉相的诗 / 196
  秋菊 / 196

南华音的诗 / 197
  秋色渲染 / 197
  等待 / 197

钱尘的诗 / 198
 沉默与喧哗 / 198

孙倩颖的诗 / 199
 被隔出窗外的阳 / 199
  遇见风 / 199

孙珊珊的诗 / 201
  艺术 / 201
  距离 / 201

肖柴胡的诗 / 202
  新桥 / 202
  嘉陵江之夜 / 202

徐毅的诗 / 204
  前瞻花 / 204
  麻雀 / 205

余芳的诗 / 206
术后第一天 / 206
她们，在午后的芦笙场唱歌 / 206

越子诚的诗 / 208
一楼的旋转门 / 208
四楼的工位 / 208

张城俊的诗 / 210
毛衣 / 210

张容卿的诗 / 211
我总是不敢为你写点什么 / 211
最好 / 212

张伟锋的诗 / 214
樱花之寂 / 214
早安，佤山 / 214
佤山飞瀑 / 215

周焱的诗 / 216
羊王 / 216

子牧的诗 / 217
过客 / 217
像云朵一样自由 / 218

邹弗的诗 / 219
西南尽头 / 219
三代人 / 219
在西南 / 220

第六辑　中南地区青年诗人

北潇的诗 / 222
长江边听雨 / 222
我想起 / 222

萧逸帆的诗 / 223
墓碑 / 223

常欢欢的诗 / 224
写给马老师五十岁生日 / 224
夜湖 / 224

李奕莹的诗 / 226
倒立于夜空 / 226

罗茜茜的诗 / 228
晴朗得令人心悸的夜晚 / 228

蒋秀玲的诗 / 229
夏 / 229

黄海的诗 / 230
流传的纪念 / 230

蒋双超的诗 / 231
我总想将星星放入杯中 / 231

棵子的诗 / 232
白发女人 / 232
时间之吻 / 232

李灿标的诗 / 233
  空山赋 / 233
  丢失的季节 / 233

李天奇的诗 / 235
  石像 / 235
  走在黄昏中 / 235

李鑫的诗 / 237
  冬日 / 237
  木门闩 / 238

李泽慧的诗 / 239
  祈愿 / 239

林梓乔的诗 / 240
  夜里的看守者 / 240
  纸上的村庄 / 240

刘金祥的诗 / 242
  农民的理想 / 242

刘乐山的诗 / 243
  万达东街 / 243

刘欣黎的诗 / 244
  我们在这世间漫游 / 244
  在死亡面前 / 245

秦澜的诗 / 246
  在猫猫河 / 246

少亭的诗 / 247
  当孤独的风吹过山岗 / 247

宋春来的诗 / 248
  父亲去针灸 / 248

辛夷的诗 / 249
  暮晚山行 / 249
  我发现 / 249
  寂静统摄着一切 / 250

叶青松的诗 / 251
  初雪，以及一封情书 / 251

袁韬的诗 / 252
  挂青 / 252

张铭洋的诗 / 253
  数烟囱的少女 / 253
  蔚蓝眼眸 / 253

张悦的诗 / 255
  断桥 / 255

张子威的诗 / 257
  农民工 / 257

钟一鸣的诗 / 258
  逐风 / 258

朱映睿的诗 / 259
  维修 / 259

张诗涵的诗 / 261
　　摄影 / 261
　　火焰情歌 / 261

李广财的诗 / 263
　　夏季漫雨 / 263
　　想象 / 263

第七辑　东北地区青年诗人

查干牧仁的诗 / 265
　　低处 / 265
　　蒙尘 / 266

焦悦的诗 / 267
　　一个泼妇的自白 / 267

李东轩的诗 / 268
　　我的春 / 268

李佳奇的诗 / 270
　　时间静止容器 / 270

李瑞的诗 / 272
　　雪映冬颜 / 272

刘思含的诗 / 274
　　我无声的碎裂 / 274

刘宛昕的诗 / 275
　　宇宙的诗 / 275

罗建峰的诗 / 276
　　相隔 / 276

青花雨的诗 / 277
　　新年第一日 / 277

孙闻憶的诗 / 278
　　天牛 / 278

王文雪的诗 / 279
　　与鱼说 / 279
　　灰鸟 / 279

魏鸣阳的诗 / 281
　　奶奶 / 281

袁佳运的诗 / 282
　　生火 / 282

张凌睿的诗 / 284
　　秋 / 284

赵馨宁的诗 / 286
　　就这样走向春天 / 286
　　初雪的告白 / 287

赵艺凡的诗 / 289
　　祈祷 / 289

邹雨含的诗 / 290
　　生命 / 290

伊卫行的诗 / 292
生命中的一天 / 292
在人间 / 293

第八辑　诗歌评论

2023 年度青年诗歌简论 / 296

编后记 / 304

第一辑
年度推荐青年诗人

谢雨新 女，汉族，1993年8月出生于黑龙江牡丹江，北京大学中文系硕士，日本筑波大学人文社会系博士，现任教于南昌大学人文学院，居于江西南昌。诗歌作品见于《诗刊》《中国诗歌》等杂志，出版诗集《初语》《余百》。在国内外杂志上发表论文10余篇，主持并参与海外、国家级、省级科研项目近10项，另在中国文艺评论网、腾讯网、诗刊社微信公众号等平台上发表书评、学术纪要、新媒体文艺评论等50余篇。

谢雨新的诗

别摇动我的心，我不知道该说什么话

在春天，我有一件事儿
想悄悄告诉你
但，不是什么要紧的事儿
仅仅有关
在这里生长的动物和植物

是我看见
未发芽的玉兰的枝上
一只不知名的小鸟的
明黄的嘴——
如同一支声音清亮的
爽快的箭

又偶尔看见
高阁边淡淡的水波
一尾偶然跃出的游鱼的
高傲的鳍——
如同文人临江举起的
满溢的杯
仅此而已

说到这里，我还有一点事儿
想悄悄告诉你
两个季节后的秋水总会萌芽
云边的孤鹜在准备出发

云雾

在云雾升起的地方
呼吸都变得轻盈
藏于光影与草木之间
如未涉事的精灵

借一方安适
打开自己
让她看天、看地
看万里浮云升起又落下——

升起又落下
从而，允许自己渺小
小至无限大

落星墩

落是一个起点
像一束紫阳
及一抹横堤

星辰在此
凝缩为一颗小小的扣子
坚固而持久地
扭结精神的坐标

大地上的演绎从未停止
而水声伴你奏响——
那些执拗的低音

醉石

因醉而卧倒在石头上
对于文人而言
是常见
且盛大的逸事

把心事藏于天地
让自己的身体折叠成——
临水,而整饬的方块
身上渐生的鳞片
波光沉浮,清澈作响

在水声浩荡中
一次次,打捞难得的清醒——
那些被沧浪和浊酒打湿的
孤独的瞳仁
就势必像月亮一样
再次轻灵

蔡淼 90后，现居新疆乌鲁木齐。作品见于《当代》《诗刊》《十月》《青年文学》等。著作有《南疆木器》等5本。获第八届扬子江网上年度青年诗人奖等诗歌奖项。

蔡淼的诗

在我最好的时候

那时我尚未修炼成形
母腹里有一座房子
我住在她心底
听她说着未来
和世界的样子

幸福从不需要定义
我和妻子握紧十指
轻轻抚摸一座房子
我隔着肚皮
听见微弱的呼吸

我看见自己的白发和胡须
孩子也学着我们当年的样子
轻轻抚摸一座房子
我想若干年以后
他们还要为我抚摸
最后一座房子
其实，这些都是最好的时候

牧场

在草原上放牧
也在心底放牧
灵魂被抬到体外
无须牛羊和马鞭
虚空之上是宽恕

我孤立于杭盖草原
做一根迎风而立的桅杆
远行于大海
远离故土、沙漠、雪山
让时间麻木,云彩披釉

那些草长在白云的背后
以一种强大的意志力
一退再退
直到命运的尽头

蒙古马

马头琴响起。嘶鸣沉入草原内部
撒落的声波,是神谱下的晨曲
风暴和苦寒逼近,挺立的鬃毛,抖动
对抗着西伯利亚的暴雪
从骨头里长出的马性,眼眶里布满了兵器

拴在树上的蒙古马
站在草原的正中央
这座宽广的马厩
磨砺过它一身的奔波

又回到起点

它已经习惯于跋涉、赞美、隐忍
而此刻
它比任何时候
更需要一片草原
一片洁净如初的草原

安然 满族，1989年生于内蒙古赤峰，现供职于花城出版社。中国作家协会会员。出版了诗集《北京时间的背针》《我不是你的灌木丛》《站在星光的袖口上》《正在醒来的某个早晨》《骑马路过达里诺尔》。先后参加鲁迅文学院民族文学创作班、《十月》杂志社十月诗会、《诗刊》社青春诗会。获草堂诗歌奖年度实力诗人奖、《草原》文学奖、广东省鲁迅文学艺术奖、名人堂年度十大诗人奖、李杜诗歌奖等奖项。

安然的诗

山骨

春云蕴瑞的时候，我是它
壮丽的有序的辞藻，缀于辽阔的春花之上
无休止的修辞，在有限的命运中循环
循环吧——
沉默的春天和亡灵
葬在马里亚纳海沟的波涛
葬在克里特岛上的抗争与冒险

循环吧——
我的同胞，我的祖国
山骨与岚烟蔓延在歌声中
向东方伸展
我是它
晚祷的少女，赤裸于人间的烟波之上

浩浩荡荡的晨昏流泻在苹果园里
溪流淹没最后的想象
是时候了
它可以古老斑驳
但不能放纵夜莺整夜的不归

它不能像我
成为爆竹和火苗的结合点

最后，它必然抖动羽毛
阻拦我身上不合时宜的撞击与损毁

贡格尔草原之夜

禾草整齐地站立在河岸上
马匹踏着针茅的暗影彻夜嘶鸣
我以最快的速度来到草原的中央
枕着悠悠大地，盖着辽阔苍穹
与时光比肩而眠

我是那么小，那么软
秋风吹着我紧张的、战栗的瞳孔
勾勒出我心中的宏伟和高光
我又一次在故乡的深夜里辗转
陷入无限的困境

怀着对故土和兰泽的敬畏
我的深情被昼夜之爱包裹
汽笛在贡格尔草原的公路上长鸣
一切都变得平稳、厚重、悠长
故乡在我的背部向羊场撤退

夜的静谧在蔓延
我在古老的月光下饮草叶的锋芒
这么香甜，这么重
如此相逢，让我在味蕾中
对故乡生出新芽

昭乌达盟的风

很多时候
我把自己当一场风
吹着历代的星辰
也吹着昭乌达盟的贫瘠和褶皱

风在大地上奔驰
拂过城楼脚下卑微的草芥
我的年龄再添新岁
风就愈加激烈、勇猛
风吹开脚下的灰烬，吹平坟茔
我的姥姥葬在这里
这里寥寥无人，唯有风围剿山峦

在南方多数时候，我是一场风
绕过灯塔、喧嚣和轰鸣
回到这里，凶猛地吹
像是一个伤心欲绝的人
哭声壮烈

林萧 男，汉族，1983年3月出生，湖南永州人。中国诗歌学会会员，广东省作家协会会员，兼任广东清远诗社副社长、《清远诗歌》副主编。现供职于广东清远日报社。作品散见于《人民日报》《诗刊》《星星诗刊》《诗歌月刊》《诗潮》《诗选刊》《青年作家》等报刊，入选《2022年中国新诗排行榜》《每日一诗（2024年卷）》《中国当代诗歌年鉴》等年度选本，著有诗集《红尘之外》《朋友别哭》、长篇小说《苦夏》、评论集《评心而论》《走笔北江》等，荣获冰心儿童文学奖、第二届雁翼诗歌奖等奖项。

林萧的诗

放风筝的老人

在北江边，放风筝的老人
晃了晃手中的线，自言自语
天空也跟着晃了晃

风的力度刚刚好
老人说，别看风筝是个小不点
收拢就是一只三米宽的大黄蜂
世事难料。他指了指手中的放飞盘
放风筝是门手艺，他心存敬畏

过去三年，老人常来江边放风筝
用仰望的姿势治好了颈椎病
现在，他开始尝试变换姿势
将风筝放远再拉回，如此反复
与天空拔河，试图治好多年的肩周炎

这个瘦小得弱不禁风的老人
在大风中牵着风筝来回走动
暮色降临，他将风筝一点点收回
身上的疼被风一点点吹远

父亲牵起母亲的手

这样的情景刚出现不久
在六十岁过后的秋天
芦苇在河边抬起纯白的头
父亲牵起母亲的手缓慢行走
从白天到傍晚都没有放下

年轻时,从未见他们牵过手
父亲的手偶尔还揍过母亲
有几次还将母亲一把推出家门
而现在,面对一场病痛后颤巍巍的母亲
父亲的手主动伸出去充当了她的拐杖

有时走累了,他们找一个僻静的地方坐下
松开手去拨弄对方头上的白发
风起时,他们的手又紧紧合上

故乡辞

曾经炊烟袅袅的村庄
正逐渐奔赴成废墟
昨日还在追逐嬉戏的少年
已双脚踏入暮年之境
越来越多的人住进土地深处
越来越多的草被放逐荒野
唯有那些不知名的花朵
年复一年开满坟头、山坡
用微弱的光芒抵御黑夜

返城时,汽车一路狂奔

耳畔的风吹出加速度
十字路口闪烁的绿灯
将我一路放行，乡愁
被拦在红灯之外

长白山人参

人参送过来时
装在一个透明的
塑料袋里
袋上标注：
产自长白山
袋内液体是酒
不是防腐剂

这根小小的人参
却浑身长满了胡须
它是少年还是老者
没有人教我如何分辨
也没有人告诉我
一根面黄肌瘦的人参
如何穿越黑夜和远方
从东北抵达这座南方小镇

现在，人参赤裸着躺在桌上
我终究与大多数人一样
想着哪种吃法能发挥最大功效
唯一不同的是
他人奢望强身健体
而我企图拯救
自己的灵魂

言小语（原名孔卫宜） 1986年出生于广东恩平。青年画家、作家、设计师，现从事室内设计。作品发表于《绿风》《诗林》《中国作家》《散文百家》《广州文艺》《诗词》《东方少年》《鸭绿江》《岁月》《广西民族报》《长白诗世界》《中国诗人》等报刊，入编《2023中国诗歌年选·小诗卷》《2023中国诗歌选》《青年诗歌年鉴（2022年卷）》《2021年度中国儿童诗精选》《中国地学诗歌双年选2017—2020年合卷》等选本。曾获2022年度中国儿童诗歌奖提名。

言小语的诗

凝聚

水的张力，撑破茶杯
涌向四周，大厦瞬间被淹没
所到之处，如一把利刃
刺破黑暗的耳膜

咆哮，怒吼。冲散了伞的典故
苍白无力地挣扎，用尽力量
在翻滚的浪中，遍体鳞伤

水没过头顶，我单枪匹马
纵使是一首悲歌
也要把最后的一个词唱完
如昨天，或明天

红灯在水里搜寻
有微弱生命的个体
惨白如纸的面皮，似乎有了血色
因为躺在水底的那扇木门
浮上了水面

交锋

枝丫的枯叶，藏在初冬的早晨
湖面升起的一层薄雾
把冬雪的面容笼罩。阳光
尝试穿过，被落下的枯叶，割伤

锋利的光芒，再次刺向薄雾
奈何湖面化成一面镜子
将刺来的光芒，折射回去
鹭雁挥动翅膀的翎刀，劈向薄雾
击碎湖面

一层层的薄冰，洒满湖面
化成千万面镜子
抵挡着万道光芒
把一整夜的怒气，冲向天际

信笺

生命如同一个信封
装着薄薄的一层信纸
不同的写信人
在写着各自的五味人生
不能停笔
直至写完最后一个字

把自己和信封放进盒子里
找一处向风的湖
把盒子沉入湖底
让升起的朝阳，用光去打捞

信纸的每个字，被蒸发
落在湖边，根植
开满在花朵上

花瓣的露珠
是自己没有写完的泪水
偶尔风吹过，滚动，滑落
滴进湖里
让鱼儿替代我去写：不见不散

肖扬 男，90后，江西永新人，现居湖北。诗作多次入选《青年诗歌年鉴》《每日一诗》等国内有影响的诗歌选本。

肖扬的诗

浑然不觉

你小的时候我画过你
那时还画不像你
只能记住你
在那个初夏的黄昏
当我重新见到你时
你已经长大，不太像你
我回到孤寂的教室
终于找到了那幅油画
那上面已经没有了你
我在那上面又画过
无数的人像和郊外的树林
也许，还画过自己
厚厚的颜料遮住了你
每刮掉一层都像一步步
走近你
直到你模糊的面容从雾中
走近我
你那顽皮的微笑
埋藏了这么多年
仍然那么新鲜动人

由于思想贫乏，你被我
无意中保留在画布里
而莫名的痛楚正来自这里
来自对内心的形象浑然不觉
自从那天重新见到你
我才知道我所经历的一切
都是为了，再次描绘你

森林童话

在神秘的寒温带
有我的水晶房子
我种着一棵棵冰树
想象我就是森林老人
我充满着太久的微笑
太久的满足
太阳神已跳过雪山
跳过茫茫岁月
把我石头般的皮肤冻黑
我裁割着一方纯洁
折叠成翅膀的梦
荡起森林的潮汐
只有我见过冬天飘落的雨
所有十二月的雨都是白色的
我拥有了一个被装订的世界
直到森林覆盖整本童话

探窗

一笔草色连坡，阡陌依依，暮烟拂峦
踏雨潇潇归樵，花间盛事，秋迹栖枕
一纸墨香，十指清寒

燕去南飞，清风萧瑟
佳人纤手，胭脂玉香
郎袭白裳，唇捻齿含
此去别离，不愿长情无所寄
一句一步，相思独守潇湘水
情待追忆，花天锦地
人好月圆，金榜题名
不识旧时人
鞭声四响，红裳拜喜
众人贺声，郎才女貌
一句一叹，戏中情痴

蔡英明 女，汉族，1999年3月生，首都师范大学硕士研究生。作品散见《诗刊》《星星诗刊》《诗选刊》等，入选《中国诗歌》第十一届"新发现"诗歌营。

蔡英明的诗

透明

一棵没有同类的树
只为喜欢的人
长出花朵与果实

弯曲的枝条，搭配
酸甜的果实
仿佛美好的事物
可以合二为一

天堂有那么多扇窗户
博尔赫斯与鲁米都是彩色玻璃

身体里的每一个细胞
都不贴窗纸

我因为透明
而活成了自己

虚词

在大海与落日之间
我选择一个虚词

这个虚词要足够大,大到所有的荒凉
都忽略不计

从海滨到海滨别墅
不过是忧伤有了偏旁

蜜蜂把喧嚣都采光了
大海便把波涛拿了出来

你离开我时,时间有了弯度
而我离开自己时,连时间也被抛弃

巴别塔

树木在做梦
两座岛屿用孤独飞翔

靠近我
你闻起来像野草散发寒意

穿过暮霭
乌云压迫松木

雨水伴随果实哭泣,众神流泪
——我需要你亲吻我的不完美

李新新 女，汉族，90后，湖北云梦人。中国诗歌学会会员。硕士毕业于武汉大学新闻与传播学院。现供职于国家某部委。诗作发表于《诗刊》《当代·诗歌》《星河》《太阳诗报》《安徽文学》等刊物，并入选武汉大学130周年校庆特刊《武汉大学校友通讯》等。出版诗集《蹲守在风的眼睛》，著有随笔集《愚汐笔谈》。曾获国内唯一新闻教育类奖项范敬宜新闻教育奖、孝感市作协年度文学新锐奖。

李新新的诗

探险

冬日常常引我冒险，以一种磁力
——凛冽的寒

驱使人躲避的，偏迎上

一片悬于枝头上的叶，迟早面临
脱离母胎的命运

但此刻，朔风狠命摇晃
它仍咬紧不放

最冷的一天，出门踏雪
与风痛饮，看叶子如何
与深渊较量——

唯有探入险的核心，才能听见
空寂中清脆的回响

大雪

一场雪，把老屋后的空地
凝成一块巨大的雪糕
途经它的时候，贯穿身体的
清凉，化为一种软糯和香甜

成年后，我只记得雪场上
两个人影，父亲是高大的那一个
他在前面走，我在后面捡拾他
刻下的印章

成年后，我还常常想起曹雪芹的
最后一场雪，白茫茫大地
红色袈裟形单影只
多情的男儿终归拂袖而去

想起他的时候，仿若我再次
被雪包围。包围在儿时的天地间
借飞扬的风雪，极力堆出
父亲的背影

翻涌

傍晚，疾风骤至
扛着孤独的人，行走在风里
目光如炬，却闪烁一种窒息

一块一块的孤独
如愁云，在辽阔的天际
流动，挤压

酝酿出独有的浓度
只一声惊雷的巨响
便开始她们的翻涌之姿

风和云化身滂沱之雨
疯狂地跌落进失意人的心中
此刻,也正是孤独的桥梁
轰然断裂之时

那承载在桥头的目光
如决堤之水,将一颗心淹没
而它,曾浩瀚过一片
蓝色的海域

范丹花 现居南昌。江西省作家协会会员。作品见于《诗刊》《十月》《星星诗刊》《作品》《诗潮》《草堂》《扬子江》《青年文学》等,入选第十二届"十月诗会"、诗刊社第三十九届"青春诗会",获2023江西年度诗人奖。

范丹花的诗

郁孤台下致稼轩

你的忧郁是一条河流。从南宋
最小的版图里向我奔来
我看到雨后昏黄的章水与贡水
一种未被完成的远古的夙愿悬浮其上
但我空有一腔悲愤。除了怀揣一颗诗心
在赣江中游写下那些落日与色彩
我无法依靠想象去挑灯看剑
无法骑上那匹真实的白马
它几乎与我同时抵达贺兰山下
穿过这座植被茂密的隆起的小山丘
用厚实的鬃毛与远去的沉重马蹄声
组成了孤独的原貌与灰暗底色
让我确信,几百年后,赣南大地上
永恒留存的最宝贵的事物,就是这些建筑
从陈旧的破碎的理想到新生的希冀
"清江水"都是最好的见证者
而我只是一个过客,只是久久
站在你的雕像边,用手擦拭着脸上的雨水

再见，澜沧江

又一次，我一整天都在想着。落日
还有它意图中投影出的绚丽金黄的中心
那件铠甲，一片温良之水，漫延着的
迷人的外壳，从火焰中提炼一支
一种凝固又发散的修辞，静止在水面
又轰然碾压过来，我不得不成为
光的堆叠之物，才浮动。仿若真是为了
奔赴这样一个黄昏而又一次抵达
这闪耀而生动的界面组成了一座液体迷宫
让你必须像一位故人，更深情地投入
才能穿透它，与它对望
那些不能消释的执拗的水波留在了船尾
当我站在大船二楼甲板上望向对岸时
仿佛那道光晕深处也有一座奥古吉埃岛
而尤利西斯刚刚离开，一切并没有依存
想象的秩序，在这些圈定的区域内
美在回环，意识会搁浅，一个人漂泊而沦陷
就把遗憾交付一条河流，让它掩藏
收回并呈上我心中恒久的哀伤，在靠岸时
像落日一样消失在天空无边的激烈处

老屋记

夏天，老屋院落有最美的夜晚
我躺在临时搭建的木板床上
看星星，那一点一点
落进瞳孔的星星，也无数次
落入我成年后的梦境
有个盲人算命先生也曾坐在院内

他拉完二胡，用手指摸着
我抽出的纸牌说："你心比天高"
天到底有多高？我并不知晓
三十年后，老屋早已变卖
每次回乡，我都会去周围走走
却再也没有踏入，犹如
很多事，我们无法真正回返
只是那屋外的湖泊仍像脐带连接
着我，那内层的镜面始终浩瀚
澎湃如风，它总是呼呼地向我吹来
让我抬头仰望，无论走到哪儿，夜空都
会为我，也为那矮小墙垣的记忆
从生命初始的土地之上留存
而制造更多繁星

平江路听昆曲

从一座桥开始入夜
红色灯笼晕染了，八百年人间
在你分清这古朴
是来自修缮还是遗存的工艺前
藤萝蔓草早已爬满了斑驳的白墙
我们来来回回地走，在筒瓦和水巷之间
那些明末清初的时刻又在想象中出现了
此时，路过一处橱窗，有人在动情地
唱着一支昆曲，你想起了李香君
她坚定的美还有执拗中的伤痕
像此刻的歌声划过江南的风
把我们的思绪带到更低处，沿着这青石板路
视线所能通往的地方，去寻找
那些遗留下来的旧物，并不能将
真正的故事完整道破，在夜色中

你出神地站在那儿听，哀伤的，婉转的
在历史宏大的翩跹与沉浮中
仿佛看到了那把描述中的桃花扇
再一次被记忆中涌来的鲜血染红

林杰荣 男,汉族,1986年出生,现居浙江宁波。中国作家协会会员。入选浙江省"新荷计划"青年作家人才库。作品散见于《人民日报》《诗刊》《北京文学》《星星诗刊》《儿童文学》《中国校园文学》《扬子江诗刊》《诗选刊》《江南诗》《延河》《草堂》《诗潮》等。出版诗集《渔村史》《海边的玩火者》等6部。曾获宁波青年文艺之星、李白诗歌奖、鲁藜诗歌奖、冰心儿童文学奖、宁波文学奖、香港青年文学奖、中国作家网"文学之星"等。

林杰荣的诗

集装箱

在某个大型港口
房子一样的集装箱,被搬来运去
它们在海上漂,忘了自己原本是铁
坚硬的属性被改造成淡漠与服从

它们不了解大海有多深
一阵波涛起伏,以为就是全部
漂泊数日,到了新大陆
铁皮箱子就变成木箱子、纸箱子
变得更加容易向生活服软

或许,只有生锈时才能想起自己
随波逐流的日子,湿气太重
太多隐患一点一点塞进关节里
直到终于忍不住,喊出第一声"疼"
沉重的集装箱被丢弃在某处废墟
而此刻,它们看起来更像一块坚硬的铁

慢火车

慢的事物，都有它的轨迹
像一颗种子，发芽，开花，慢慢向上
绿皮火车拖着草原上的落日
把陈旧的时光，一节一节运到远方

北国的雪还没有落干净
绿皮火车还在艰难地辨认回乡路
一个孩子趴在行李袋上睡着了
成长，仿佛比一切都要慢

隆隆声是最漫长的家乡话
压住了那么多人一辈子想说的
路上，风雨成了屋檐
两手空空的我们，反而走得更慢

父亲的草稿纸

一沓白纸，父亲的草稿纸
做生意的时候承担生计的换算
得空了，闻一闻父亲指尖的二手烟
纸张抬头印着渔村里的某个地址
和几个没人使用的联系电话
这里讨生活的人基本靠喊
我不止一次见到父亲，艰难地
把几声咳嗽从早已嘶哑的喉咙挤到草稿纸上

有时父亲划破了一张纸
他的情绪也在沉默中等待一戳就破的口子
渔村的男人大多有着大男子主义的通病

一沓白纸渐渐变薄,父亲身上的褶皱
是越来越多擦不掉的命运的草稿
我清晰地辨认出,他的笔画
已不再需要更多的草稿纸
而他笔下的纸张,不再白得那么小心翼翼

刘华 1989年生，江西莲花人，现居杭州。中国作家协会会员，鲁迅文学院江西中青年作家研修班学员，入选浙江省"新荷计划"青年作家人才库，参加第五届全国青年散文诗人创作笔会。著有诗集《恍若星辰，恍若尘埃》。作品在《扬子江诗刊》《诗刊》《星星诗刊》《诗潮》《草堂》等刊物上发表，获扬子江年度青年诗人奖、全国打工文学征文大赛诗歌组金奖等。

刘华的诗

雨

雨滴结绳
绊住没有撑伞的人

把雨滴锁入荷塘
把自己框在白墙中

过一种与雨无关的日子
每一滴雨皆是你

而我不能握住雨
来结算明天的生活

水果刀疤

一厘米长，一毫米宽
在左手食指第一节，像一根泛白的
丝线，缚在上面
似乎要阻止我去做什么

当右手握住锋刃时

苹果皮蝴蝶般飞落，一个声音
事先未系安全带，弹出大脑安全仓
指头开出一朵小红花

每次伸手，天气要么炽热
要么骤冷——
我以为在感受爱的瀑布，实际上
在逃避孤独的锋刃

柳碧青 原名赖咸院，男，汉族，1988年12月生，江西萍乡人，现工作于萍乡市公安局。中国作家协会会员，鲁迅文学院江西中青年作家研修班学员。作品刊于《诗刊》《星星诗刊》《人民日报》《诗歌月刊》《诗选刊》等。著有诗集《一个人的安源》等。

柳碧青的诗

听说故乡在下雪

洁白的雪，剔透的雪，在故乡越下越大
鹅毛般的雪，下个不停的雪，在故乡越下越大

让背井离乡的人热切盼望的雪
在故乡越下越大，越下越大的还有雪中的白

和雪中的乡愁。其实，乡愁太抽象
远不及一场雪来得具体，来得令人浮想联翩

木匠

年轻时，他并不想做木匠
他喜欢捣鼓时髦的物品
家里的电视、自行车被他拆过无数遍
后来，这些东西慢慢被淘汰
他也随着年龄越来越大
无事可做，儿女们都进城了
几个月才回来一次
他突然感到孤单
又想捣鼓点什么，但

面对那一部智能手机
终究没有舍得下手
他开始喜欢捣鼓村里的木材
闻一闻木里的气味和年岁
他想找人学，问遍村里的人
才知道，没人干这个事情了
他拿起一个钻子，往木材上凿
就像当初他拿起扳手
在自行车上敲一样
此刻，整个村里都是钻木的声音
听起来格外亲切、嘹亮

微小

再微小的事物，也应该有五官和心脏
贴着地面，仍能感受到冷热
哪怕，风一吹便走了
哪怕，雨一淋便消失不见
多年来，我喜欢这种微小
就像自己走在大街上
无人认识

余雨声 女，汉族，1997年生于安徽潜山，合肥工业学校教师。安徽省作家协会会员，中国自然资源作家协会会员。作品散见于《特区文学·诗》《诗歌月刊》《安徽文学》《红豆》《作家天地》《椰城》等省内外报刊及网络平台。

余雨声的诗

天空之城

冬天是悄然融化的
春光乍泻
沿着山脉与屋舍
还有麦田
北去的孩子
乘风，匆忙飞过
只有母亲，融进
田埂的一束稻花
遥远的天空之城啊
你掠过时别忘记
回头，看看她

记忆

手中无形的剪刀将你斑驳的
身影，分割为不可理喻的风
粗粝地带起沙石，纠葛在拥挤嘈杂的
故事里，却蛮横地让我在交织中层叠
寻到曲折迂回的真实

长卧在你温柔倾泻出的话语里
让我不知疲倦地追逐
编织出从无到有的虚幻
短暂地解释出生命的痕迹
我漫无目的地随它流滴

风还是自由的风，不会被吹散
与光阴为伍，把人世间和你
一同揉碎藏进我的记忆

张端端 笔名张不知,女,福建惠安人,福建省作家协会会员。曾参加第十二届十月诗会。作品散见于《十月》《诗刊》《星星诗刊》等刊物。已出版诗集《不知诗欢》。

张端端的诗

初雪

谈到孤独,诗集在书架上
落满雪。清冷,紧挨着
秃木,好像它从来如此

一个人在等另一个人翻看
他们未长久生活,所以
这里将没有窒碍

谈到孤独,书页又发出一种
尖锐的催促,好像已经
没有理由不离开

现在,翻看诗集的走了
可还有人在写,没被带走的
都像落下的初雪

略小于一

这样的夜晚,微风温润
沿路的楸树都开满花

语言从艰深走向清显

所有含蓄已表明心迹

而我也不再猜那些将你难住的谜

是这样，我们值得被更好地对待

人最好别太为难于人，想开有时只是一瞬间

当智慧的背后藏有一头奶凶奶凶的小兽时

亲爱的你决意用孤独去豢养它

深处的绝望已见底，无可下坠

拥抱于引力的魔法

身处这颗蓝色星球，说实话

爬坡费劲却是必修的深奥课题

空中的浮絮，雪和柳的季节

也是如此。小到一只蚂蚁

都讲究距离、坡度和力

只是当你俯身和低谷对视时

万物自带深渊，习惯于此

个人的困境或略小于一

郑泽鸿 男，汉族，1988年出生，福建惠安人，居于福建福州。现供职于福建省文联。福建省作家协会会员，《诗刊》社首期青春诗人研修班学员。曾参加《诗刊》社第三十九届青春诗会。作品散见于《诗刊》《星星诗刊》《扬子江诗刊》《诗歌月刊》《江南诗》《青年文摘》《北京文学》《福建文学》《飞天》《回族文学》《中国艺术报》等，入选《中国青年诗人作品选》《中国精短诗选》《青年诗歌年鉴》《福建优秀文学70年精选》等选本。著有诗集《源自苍茫》。曾获第二十八届华东六省文艺图书奖、福建省第三十五届年度优秀文学作品榜提名作品奖、第四届"祖国颂"世界华语文学作品征文诗歌奖、首届福建文学好书榜推荐图书奖等。

郑泽鸿的诗

渔歌

木麻黄守护堤坝
在清晨的滩涂
那一声声儿时的螺号
温暖着讨海的渔民
他们每走一步
沙滩就柔软一分，海浪就掀起
更晶莹的幕布
覆盖淡蓝色的忧伤
冷风中
孤岛射出一群鸥鸟
它们抖搂的灵光，是否被大黄鱼捕获
闭眼聆听潮声的刹那
我决定弯腰
拾捡几片贝壳
带走一角浩瀚的汪洋

艾溪湖的黄昏

在艾溪湖湿地森林公园
一只大雁夺走想象

此起彼伏的鸦鸣虫奏
扯紧了晚霞熏红的天幕
森林的秘处
渗出一丛丛紫薇
你一伸手
搂住了微风不可言说的身世
这静谧的湖面
就是你轻抚的黑白键
挪动万重山

王悦 90后,生于兰州,祖籍天水,西北大学创意写作硕士。作品发表于《钟山》《北京文学》《十月》《作品》《星星诗刊》《扬子江诗刊》《飞天》《西部》《诗潮》《延河》《诗歌月刊》等刊物。作品入选《中国年度优秀散文诗》等选本。曾获第八届青春文学奖、第八届扬子江青年诗人奖等奖项。曾参加第十三届"十月诗会"等。

王悦的诗

蚓

第一次见它的肉身
在一次戛然而止的雨后
它用一种不可思议的分节
让我停下脚步

蚯蚓,是重组的断章
它从一出生,就走向了死亡的宽容
以此看来,生命的跨度
必要时以一种中间状态来定义自己

后来,我再见它时
它如一段干瘪的树枝发散着坚硬
与苦楝树金色的坠果一同侧躺着
做春天的抗争者

从迷雾中穿过

我在公路上看见你
降落在山间墓地
我在灰的迷雾中窥见

一种新生对衰老的指引

这四野空旷的安静
我无法一人带走
桃花中钻出的新绿
就像无法退却
一个冬天燃烧着大雪到来

我更无法带走你，眼看
这迷雾消失在蓝色车窗
一辆汽车从迷雾中穿过
又钻入另一片迷雾

羞避

仰头：树冠在黑色的反向镜头里
呈现出迷宫般的缝隙版图
这是整个森林的秘密
是树木之间生存的安全距离

当一棵树野蛮生长——向外长
必定要留下与其他树不合缝的距离
来构成看似完美的森林版图
来完成树与树之间的羞避

我喜欢和一棵树在一起
我喜欢与一座森林在一起
我像一只鸟一样反复练习
一个人和一棵树
和一座森林之间
应当怎样保持恰当的距离

野子 本名屈路凯，汉族，1995年4月生于甘肃文县。现居天水，供职于天水市国有资本投资运营有限责任公司。甘肃省作家协会会员。作品发表于《诗刊》《飞天》《中国诗歌》《散文诗》《牡丹》《青年诗歌年鉴》等刊物及选本。曾获全国大学生四月诗会首届"四月诗人"奖等奖项。入选《中国诗歌》2021年第十一届"新发现"诗歌营。

野子的诗

二十八岁书

很长一段时间，他的简历上都会写着：
出生于一九九五年四月五日
多年以后，如若有人为他著书立传
不远千里运来石碑
——石碑上的文字也是如此

生日这一天，朋友们围坐在他的身边
酒水和食物铺满了桌子，频频碰杯的声音
是青春年代最后的交响乐
瓶子里，新采摘的花朵要过很久才会枯萎

他许完愿，吹灭蜡烛
身边的人说出：生日快乐
天上的人，听见了他内心的祝愿
他最终要遇到的，是他自己内心的旷野

夏日来信

请收信，纸页上方空白的两行
是我默不作声的情绪，或酝酿悲伤，或酝酿喜悦
这和我从前的遭遇有关，也和我以后的经历有关

往下读，信的开头是我对你的称谓
这决定了信的大部分内容
给爱人奉献身体，给朋友送上祝福
给亲人的段落不宜太长，要短于坟前之草

继续行文，如若你是了解我的人
接下来我会谈到诗歌，这该死的分行的文字啊
让人又爱又恨，你瞧，就在此刻
词语是美丽的陷阱，语句和段落构成诱人的深渊

信的结尾，是我的落款和写信的日期
不必感动，那触动着你的也触动着我
在夏日，夕阳加盖的金色的邮戳仍有余温

在秦州想到杜甫

不再是王朝的式微、叛乱和流亡让人心寒
在秦州，是内心突然遭遇的一场霜雪
风化一位诗人的象形，败落他言辞的枝叶
依稀望见南郭寺的轮廓，将夜时
向我吐露杜甫的沧桑
这些年，你呀
即便饮下过许多烈酒，佯装出不羁姿态
面对那些不遇的人或者事物，也会感到落寞
只身过糙河，一股寒风灌进千年以后的胸口
翻腾的落叶，如你笔下已经枯萎的大唐
——那分明是一个在后世才能称"圣"的人飘摇的一生啊
不会再有人问起：子美，你在秦州过得好吗

山河如心事更迭，所有的低唱浅斟都不会被史书记录
自你离开了秦州，这附近就再也没有可供登临的高处

龙飞宇 男，彝族，字尚卿，笔名龙震、泰则慈然，1984年7月生于贵州六枝牛场云梦山。道路桥梁工程师，现为镇远县交通运输局派驻乡村振兴驻村第一书记，贵州省作家协会会员，《寒云又话》诗刊社创始人，镇远县文联兼职副主席，镇远县文联诗词家协会主席，黔东南州文联诗词家协会理事。作品发表于《人民日报（海外版）》《中华商报》《诗殿堂》《满洲里日报》《黔东南日报》等。

龙飞宇的诗

我的手空着

有些手是空着的
就像此刻
我轻轻抚摸烈士的墓碑

碎裂的冷雨
从杜牧的笔端纷纷落下
织成山河的涛声

我试图写下生命的证词

白天与黑夜反复排练着日子
进进出出的人群
试图寻找生命的证词

绯红的黎明也会苍老
在这珍贵的人间
我与案前的剑兰呼吸着时间

越堆越高的月色，漫过头顶
交织在晨昏的酒杯之间

我反复摊开一张白纸
试图写下生命的证词
生活的爱恋
像闪电击中肋骨

余元英 女，生于1990年5月，四川九寨沟县人。作品发表于《中国艺术报》《四川文学》《星星诗刊》《诗歌月刊》《扬子江诗刊》等期刊；作品入选《新中国诗歌史料整理与研究·作品卷·散文诗》《青年诗歌年鉴（2019—2022年卷）》《2014年新诗排行榜》《2015年新诗排行榜》；多篇作品获有关征文比赛奖项。

余元英的诗

拉萨的河

像是人的一生拥有太过宽广的往事
每条河拥有着开阔而又空闲的河床
三分之一留给河水
将上游的祈福和我的目光送到更深远的地方
三分之一留给白杨树
有风吹过，翻飞的树叶成为另一条流动的河
三分之一留给河沙
软绵绵的，等待月光湿漉漉地爬上来
路过三分之一的河水时，我倍加小心
生怕伪装得天衣无缝的人格
在河水的波纹里破碎

牦牛

像是流动的黑色文字
牦牛在高原为自己写诗
时而急促，时而舒缓
忙碌的时候驮运物资和生活
闲暇的时候驮运星辰和云朵

习惯了天为被、地为床
就不怕风霜和雨露
习惯了追赶黑夜
就不怕反刍阳光和彩虹
习惯了占山为王
就不怕对抗整个高原

拥有一对坚尖角
就将野性往狭处顶，将生命往窄处撞
父亲说牛皮做的绳可以背起一座山
牛角做的号可以唤醒一片草原

刘倩 女，汉族，1995年10月生，笔名沾衣，现居广东珠海。北京师范大学文学院2023级硕士研究生。诗观：用泪水萃取诗歌，用诗歌烛照记忆，用记忆抵挡流逝。

刘倩的诗

献给母亲

立秋过后，母亲的眼睑又下垂了一点
恰到好处的弧度，像所有成熟的果实

总是心怀羞愧，在粗粝的食物中
她越来越胖了，父亲越来越瘦

她的时间被关在密不透风的房屋里
额头堆积皱纹也沁出浑浊的珍珠

等待和送别的间隙越来越逼仄了
这么多年，她已娴于眺望的艺术

临行之际，我摊开箱子，她摆出
才收的粮、刚磨的油、新摘的瓜

母亲啊，垂手而立，满脸红窘
如同一个拙劣的献宝者，再也
捧不出从前乳汁样的丰盛

异乡

零点时分的夜晚潮水般喧嚷
霓虹平地而起,而闪电劈空而下
很快我们成为大海中的孤岛

我掐灭身体里细小的疼痛,犹如
你悬置起游移不定的喜悦。它们
统一于秘密。而后我们径直进入
叫嚷着幸福的雨水

你沉沉睡去,在潮湿的梦里
啄食爱情,完成飞鸟的使命
把一颗颗石子投进汪洋的雨
哦,多么美丽的徒劳

藤蔓缘墙攀爬,一次次无功而返
我也沿雨脚回溯,江南江北打捞
我失落的船。可是旧谣荡在水面
异乡的灯火处处停靠

长夜将尽,你接住我飘蓬般的心
又衔来我铺满槐花、沉默的故乡
一切回归原有的秩序,只有
我的枕边,已淌满曲折的雨

在列车上

人满为患又空空荡荡
整个下午,我都望着窗口
(这世界唯一的破绽)

在北上的列车之侧，在日光之下
湖水和鸟分享着同样的炫白
唯独群峰如晦，如影
如被不断抛弃的美

速写在湖广交界处自然闪现：
看似是列车一次次冲进隧道
其实
是我对着故乡的方向反复失明
又一次次赤身扑向宽厚的大山
带着一个浪子回头的羞赧

卢悦宁 女，汉族，1987年8月生，供职于广西民族出版社，现居广西南宁。文学硕士，广西作家协会会员，广西文艺评论家协会会员，中国林业生态作家协会会员。入选广西作家协会"文学桂军"新锐作家扶持计划项目。作品散见于《诗刊》《人民文学》《青年文学》等。出版有诗集《小经验》。曾获第八届全国新概念作文大赛一等奖。

卢悦宁的诗

在银滩

用力向下踩
好让自己深陷泥潭

我沉迷于这小小的
负重感、陷落感
包裹肌肤的
尽是被时光淘洗过的银粒
细密，饱满
浑然天成

我是不够天真的人
领受纯粹之物
总觉受之有愧

用更大的力气拔出双足
带出多余的事物
在海浪涌向平静处
它们徒劳地销声匿迹

海边来信

不是你写给我的
而是一个在黑夜里
无法陷入深睡的人

这一切，都符合
我对某些事物的曲解：
海和夜晚是同质的——
迷离或暧昧
映射内心的某种常态

旧日书信里
我的爱情曾深不见底
绿海龟和布氏鲸终日游弋其中

我只租一日的海景房
有可堪回首几十年的梦境
却不会再有人去写一封
海洋般颜色的墨迹

只此湛蓝

近处的海澎湃
远处的海静默
而每天，我也有
新一轮的沉潜与激荡
直至个性全无
变成一个内心
除了湛蓝别无他色的人
对一些往事

不再有细致入微的怨恨
与长久失和的人
奇迹般和解

罗紫晨 生于1993年，现居湖北武汉，供职于水利部长江水利委员会。作品见于《星星诗刊》《中国诗歌》《中华文学》《山东诗歌》《陕西诗歌》《湖北诗人》等文学刊物，并入选多种选本。曾获黄亚洲行吟诗歌奖、"诗意韩国"诗歌比赛金奖、东西方诗人奖、野草文学奖、白天鹅诗歌奖、中外诗歌散文邀请赛一等奖。

罗紫晨的诗

蜘蛛，或其他

困住暮秋的
是网状的连绵
我和你一样
在断裂中搭建
未完成。不同的是
你偏向更湿润的行文
而我，刻意说服自己
寻一处阳坡
晾晒渗入修辞的阴潮

外祖父与酒

幕阜山的老人，善于拿余生下酒——
啜饮跟过日子一样，喝一点就少一点
你喜欢在喝酒时，忆往昔峥嵘
酒香是一味绵长的药引子，在耄耋之年
治愈少时的乡愁
我知道，你颠沛经年的顽疾
是遗落在幕阜山下的那口乡音
夕阳像一只反舌鸟

衔着方言掠过天空
这时，你正将酒杯挪到跟前——
八十岁的杯盅里，翻滚着四十一度的烧酒
与三十九摄氏度的日光

祖母的絮叨

祖父去世以后，你还是絮絮叨叨的
即使相框里的那张笑脸无动于衷
你也每天将它擦拭干净
仿佛灰尘会让你说出人间的噤声
你不识字，每年中元节
都是我们在香纸上，替你写下漫长的叮嘱
有时，我很羡慕你——
把一生的牵挂，写成一封没有回音的长信
是多么浪漫的事啊

唐鸿南 黎族，1985年生于海南岛。中国作家协会会员、海南省作家协会副主席。有诗歌发表于各类报刊，并入选多种重要选本。出版有《一个黎人的心经》等多部诗集。

唐鸿南的诗

每一棵树

在山里，每一棵树
都在敞开胸怀
阐述人类无法听懂的语言
四季是它们成长的样子
除此之外，一把砍刀
如果对它们动了手脚
从树的内心深处
我总会听到
一些不会说话
却能看得见的灵魂
对我欲言又止

有一个地方

我的世界里
有一个地方
很像我的儿女情长
像芸芸众生相里
蓬头垢面的乞丐
即使无法向它

投递分毫纸币的重量
每每念及，也想用心
紧紧地揣在怀里
不肯放下

吴硕 男，布依族，2002年8月出生，贵州兴义人。现就读于北京师范大学珠海校区，主修专业为历史学，辅修汉语言文学。北京师范大学珠海校区南风文学社成员。

吴硕的诗

审美超越

闪电，打雷。雷落到我的面前
闪电就在我头顶
一阵阵蛙鸣从漆黑的草地传来
如同鹅叫。雨下得很大
整栋房子，病人都逃离这寂静之地
我看见有人雨夜踩着泥巴回来

闪电和打雷是莲花的两种形式——光和声
莲花是此岸与彼岸的分界
战栗不已——我的心神完全投入对至高秩序的渴望
仿佛它即刻就会在天地变色中显现
池塘中的最大一朵将黑夜倒换成白天

这样我们升入超越的领域
放弃了此在的声音和形式

细雨的问候

密云，细雨
湿漉漉的人群

在朦胧中展现
各式各样的
伞的立场
忘记表态的人
总是等待
晴天

一梅 本名易敏，湖南省作家协会会员，娄底市作家协会秘书长。有诗歌见于《诗刊》《星星诗刊》《湖南文学》《滇池》《诗选刊》《文艺生活》等期刊，有诗歌入选《中国新诗排行榜》《青年诗歌年鉴》《诗日子》《每日一诗》《湖南诗歌年选》等多个选本。

一梅的诗

蝴蝶

一只蝴蝶降落
窗台，双翅震颤着风

它侧起身子，聆听夜空
星光沉睡的声息

又缓慢扇动翅膀
黑夜
打开一道窄门，还没来得及
思虑，忽又关上

绚丽的翅膀
停止了闪耀

它无视我的注视
甘愿落在这心形的叶子上
不再
飞翔

某些日常

每一次,都让自己停留在准备溜走的
时间的后半拍
那些时刻,仿佛有一个容器
把我与外界隔离,使我
听不见喧嚣、看不见黑暗
独独地,停留在一个与世隔绝的真空地带

比如此刻,在雨过天晴后的中午
我独自,在暖阳下午休片刻
完全地吸收倦意后
睁开眼,看见阳光温柔地趴上
我侧脸的一瞬间,看见雨滴
从竹叶上滑下,把整个世界
都收在它细小的身体里

夜幕降临

一颗
又一颗
星星试探着从天空探出头来
我躺卧在吊床上慢慢摇晃
不舍得离开

星星也在摇晃
我摇摆的幅度越来越小
直至停止
它们才扶稳自己

天空越来越亮

原本耸立在我头顶的高楼
却越来越黯淡
仿佛
四周万物正在消失
宇宙间
只有星星与我
遥遥对望

鱼小玄 诗人、作家，1989年出生于江西赣州，现居广州。诗歌、散文、小说见于各类刊物，入选多种文学选本，在多家报刊开设专栏。曾获第四届北京大学未名诗歌奖、第十届中国红高粱诗歌奖等文学奖项。

鱼小玄的诗

深巷少年

河雾涌浸小城，豆腐花与云霭
皆浮晃在阿嬷的瓷碗里

"淅淅哗哗哗……"
阵雨把小城推醒了，也推醒了
我的深巷少年，他的长睫毛沾着星星

竹器店的伙计将日子削成竹篾
阿公端茶缸走过修车铺、酱油店、象棋摊
纤纤丝瓜藤也走，走往两侧巷墙上

我的深巷少年，他的白衬衫挂在长竹篙上
晨风吹掀起他的书桌，他的母亲在院子里
摘早熟的杨梅，小杨梅涩涩初红

"我家的杨梅涩涩初红……"
"你像夏天，也像小杨梅……"

那年，琥珀色小镇下了雪

江北重重寒云，江南茫茫有了雪意
那年雪时，桥下河埠头泊满船

老船篷涂过桐油烟煤
乌黑油亮，雪渐渐落在船篷上
旧日子是冰封冻结的河湾

小镇那位年迈灯匠
他在寒湿北风中，用厚纸糊灯笼
我记得你曾告诉我，他是你的祖父

那年，馄饨店在前巷
那年，酱鸭铺子在后街
那年，你祖父用姜丝烫暖黄酒

琥珀色小镇下了雪，时间如玉璧
一圈圈温润玉泽，沿河呼啸着北来的风
檐廊下挂着灯笼，水乡人早早都睡了

山坳人家的橘酒

他说，我笑起来像蜜橘
秋天多么好，山下盆地稻谷黄熟
寒雨带来烟云，时间如瓦盆淘滤稻米

山路迢迢走八里十里
橘叶柑叶柚叶常绿，蜜橘熟得早
两三处小村子深藏坳中

我坐在他的背篓中
像一颗刚折树的蜜橘，浓浓橘绯色
枝叶挠他，揽住他，挨倚他

山民采蕈子、烘瓜晒豆
收了棉花缝袄子，酿几坛橘酒
等霜等雪落下来——

"冬天要来了吗"
"听说山坳人家酿了橘酒"

那年秋深时，双手呵气成冰
深山橘园寒雾霜霭，他摇晃着我
摇晃那坛橘酒，酒香清甜，瓦屋落下粒粒雪子

梁甜甜 女，汉族，生于1991年2月，现居黑龙江哈尔滨。黑龙江省文学院签约作家，中国作家协会会员，北京师范大学鲁迅文学院联办当代文学创作方向研究生、文学硕士。作品散见于《诗刊》《诗林》《星星诗刊》等刊物，已出版诗集《花信芳菲》等。

梁甜甜的诗

郊祭坛

北风啃噬着岁月的波纹
在稻田的私语中
金色的麦浪哼着金源的歌
遥远的王朝被重新拾起

收割皇城内外的丰硕
广袤无垠的远方
包蕴着跨越千年的黑土
以及人民亘古的苦乐

没有人能准确地绘出
一千年前的轮廓
攀缘于手脚并用的浅坡
鼎沸的脚印，踏着
郊祭坛的静默

荒草哽咽在湛蓝的碧波上
几株形销骨立的树
守望着平静流淌的阿什河
瘦削的枝杈攥紧晚霞

于是，历史的天空中
多了一种回答

麻雀英雄

树影将城市折叠
一面是寂静的河床
碎银般的雪片，悄然绵延
一面是雀泛的冬日
黄小米，光耀于皑皑白雪

兆麟街上，丁香树下的麻雀
以为努力觅食，就能挽救
一个光秃的世界
重重车辙，模糊在路面
留了条条叽叽喳喳的曲线

我猜想
是严寒将麻雀送进了排风口
它们是不是以为
这样，就能留住整个冬天

光荣的生命，纵使干枯了
也蕴藏着飞翔的甘甜

树影 80后。就职于吉林省梨树县文化广播电视和旅游局，现居四平。17岁开始发表文学作品，迄今有三百余篇（首）被《2022年青年诗人年鉴》《探索散文诗选》《中国短诗三百首》等多种文集收录。著有诗集《风中的草帽》，艺术理论文集《思想·艺术·文化》，散文集《过了今天都是往事》。

树影的诗

犀鸟

我一直想与这两只犀鸟聊聊天
可以用我们的语言，也可以用它们的语言
我不能离它们太近
它们惊恐的眼神，让我却步

为了成家，它们必须盖好房子
这一点同人类极其相似
它们衔来泥巴建造房屋
当然也会捕捉马陆
作为驱虫剂掺和在泥巴里
这样就不会有蚊虫侵扰它们的梦境

当雌犀鸟进入繁育期时
雄犀鸟将窝巢进一步加固
尽可能地将猎食者拒之门外
只剩一条被枯草掩盖的缝隙
成为夫妻沟通的唯一桥梁
未来的诸多时日，雌犀鸟会放弃天空
将自己封闭起来，吃喝全靠雄犀鸟的投喂

这样的场景让我感到安静而温暖
我知道它爱的正以另一种方式爱它
没有什么可以将它们分开
就像我和你，沉浸在彼此的瞳瞳
瘦削的身影，慢慢长出羽毛

猪牙花

总想给她改个雅致的名字
翻遍了所有的植物典籍
也没有合适的乳名
好吧，猪牙花就猪牙花吧
粗犷是粗犷了点
但不影响她长成精致的模样

这些蚂蚁播种出来的奇观
不会只开出个嫩粉的平面
她一定要别出心裁地折返
立体地开，使劲地开
垂着羞赧的头
最大限度地露出花瓣
让昆虫们看到她的一颗春心

多像一个女子
沉浸在自己的季节
在斑驳的光影里泛着涟漪
任天空下起花朵，下起落叶，下起雪
也下起慈悲和诗

我所期待的爱情

我的春天

从一场接一场的风开始
存在，拥有，失去，回忆
循环往复，无休无止
我把皮肤藏进幽蓝的湖水
抖搂发髻，漆黑的丝绸覆盖了
水波上的云影，也缠绕了岸边的新枝

我所期待的爱情，坚韧绵长，细水长流
不再是蔚蓝色的远方
不再是红色的苹果巷
只是简单的一句：
"饿了吧，我给你做饭去"
当年轻时那些叽叽喳喳的喜欢
忽然静寂，生生灭灭的慈悲便会
飘落人间

我想把白日从时间的序列里清除
我想把黑夜变成最难以启齿的一个词
再小心翼翼地涂上柠檬的颜色
我想在早已遗忘的镜子里，打捞
一张年轻的脸。落日一般浑圆
但我的眼中没有落日，它藏在一朵云的
背后，任由风，使劲吹

苏瑾 本名苏琳。女，生于1997年9月7日，满族。现居辽宁大连。北京青年文学协会理事。新诗写作荣获"郭小川诗歌奖·2020诗人奖"，曾入选"北京市青年文学人才培养计划"。诗作收录于《2020中国新诗排行榜》《青年诗歌年鉴（2021年卷）》等选本；文学评论发表于《星星·诗歌理论》《中国青年报》等刊物。

苏瑾的诗

夜色中的灯火

行至某刻，灯火悄然大亮
天渐渐暗了，耳边只有海鸥的鸣叫声
划过天际，划过我欲书写的故事
我嗅到栀子花的香
却未寻到她的所在
她怎可未经我允许，便撞得我满怀
我在北方的海里注视南方的叙事
这个时代，总有年轻的勇士
激荡出满腔抱负
海那样柔，又那么有力量
心渐渐被点亮

麦田

我分外想念麦子
阳光偏爱她，空气里飘散着
香甜与自由。我沉醉于此
企图钻入她的时间体系
一个孩子在麦田奔跑
他搓捻一株麦子

颗粒尽撒,落入黄土地
失了踪迹。多年后
我遇见一个中年男子
我一眼就认出是当初那个赤脚孩子
他辨识不出时间,自然也认不得我
农民比我更知晓:何为天,何为地
播种着,耕耘着,收获着
麦田四处金光闪闪

博物馆里的柿子

柿子在博物馆外生长
表皮泛出光泽,饱满又沧桑
工作人员将柿子们排列整齐
悬于横梁之上,我以现代技术
转瞬间,记录了它们的样态
馆内的藏品,似寓言一样
在价值的光环之后
折射出人性,或晦暗,或高尚
几年后,再看到柿子的照片时
我只觉它们是深秋的孤傲
曾几何时,以不悲不喜的心态
柔软了我的刚强
在我初识人世的阶段

臧思佳 文学硕士，毕业于北京师范大学文学院。中国作家协会会员，中国音乐家协会会员，中国作家协会第九次全国代表大会代表。中国诗歌学会会员，中国报告文学学会会员，中国散文学会会员，中国音乐文学学会理事，北京音乐家协会会员，中诗网签约诗人。出版诗集《橄榄树的红果实》《住在云朵里想你》《爬上云朵采阳光》《摘一朵云送给你》四部，长篇报告文学《极殇》《丹心》《鱼山壮歌》《全海深》四部。发行作词歌曲作品集《笔下声花》《过往》《乐》三辑。

臧思佳的诗

红沿河，花溪谷

红沿河，没有流水
花溪谷，没有山谷
当他们都一无所有时
对彼此就有了无限宽容
躺在谷怀里的河，如今
也能把谷拥抱着
并且，力度刚刚好
足以让谷轻轻摇曳
探出头的格桑花
却让他的小脚
在自己怀里踢不倒春风

复州城衔着一枚月亮

复州城仅存的土城墙
掉光了牙齿，仍衔着一枚月亮
这是土得掉渣的土围子
最后的浪漫
有着这点浪漫，他就可以
对天不说天高，对地不说地厚

就可以不管喝下多少风雨
都能含住口中这块硬糖

不管这土，后来
变成了石头心
还是变成了砖瓦墙

口头那点甜，足以支撑
后来，无数个
阴天的晚上

王珊珊 女,汉族,1996年6月生于云南昭通,澳门大学计算机科学在读博士生,暂居澳门。云南省作家协会会员,第十三届星星大学生诗歌夏令营营员。有诗见于《诗刊》《星星诗刊》《诗歌月刊》《北京文学》《中国校园文学》《江南诗》《延河》《西部》等刊。曾获野草文学奖、中国校园"双十佳"诗歌奖、中国·邯郸大学生诗歌节一等奖、白天鹅诗歌奖、"求是杯"国际诗歌创作与翻译大赛二等奖、中融全国原创文学大赛二等奖。

王珊珊的诗

黑沙滩九月

无意混淆朝霞与晚霞
残叶脱离树枝时
已无法回头。沿着这条路
走下去,走下去
幼小透明的螃蟹往洞穴逃
逃进月光,或者
月光也企图逃进洞穴——
海滩边唯一可以藏身之处
埋起来,刨开
潮水涨落后
海滩像一张泛黄的陈年旧纸
它新生,它没有留一个字
它供养偶尔路过的足迹

最瘦的月光

离家越远,月光越瘦
除夕夜,在遥远的水边
我拥有了这世间最瘦的月光
海风一吹,水中倒影被摇晃着,月瘦了一轮

连那向来以仓促著称的时间也瘦了、慢了
与在家的时候完全相反

往炒锅里加入云南的红辣椒、青花椒
模仿父亲炒小菜的手法,以此嫁接乡味
再烧一锅水把汤圆煮胖
月光变胖,乡愁也越来越胖

夕阳有了缺口

一路的枝丫已被修剪
大的,小的,胖的、瘦的
需要固定成相同的形状、姿态

一路上,没有吼叫
残叶没有感知到被抛弃,只是安静地
躺在水泥地面上
甚至看不出一丝痛苦

初秋的风唱着毫不关己的歌
在苦涩的咖啡里,晚霞在燃烧
在荒芜的池塘里,莲子还会长出翅膀

树叶与目光交汇那一刻
夕阳有了缺口
落山之前,它终于有了缺口
圆满,只存在于不同眼眸之中

席地 80后，诗人、小说家、书法家。曾获颁中国台湾文艺奖章（新诗类）、澳门中篇小说奖首奖、澳门文学奖短篇小说冠军等数十个奖项；作品散见于《中国文艺家》《台港文学选刊》《草堂》等数十个文学期刊。有组诗作品连续两年被南京大学港台暨海外华文文学研究中心评为"海外华文诗歌好作品"；作品入选《中国年度诗歌精选》《青年诗歌年鉴》《当代华语新诗三百首》《澳门文学作品选》《澳门作家文集》等十余个诗歌选本；近年致力于诗歌跨界，作品被用于装置艺术、现代芭蕾舞、环境剧场等，有诗歌被改编成民谣。出版有长篇小说《阿门》。

席地的诗

醒来

我醒来
在我抬起头来时醒来
在我用汤匙搅拌着咖啡时，我醒来
在我说完一句话
穿过斑马线走到
一条条白线时，我醒来

我在每一秒中醒来
在一秒的无限折返中醒来
但在一秒与下一秒之间
那里睡着个睁大眼睛的孩子
呼吸均匀，嘴角微扬
一阵无风的睡眠，轻轻吹着

安眠曲

半夜
被一首安眠曲缓缓惊醒

关掉还是开着

这是一个问题

春天

这些天我随意地走着
花开了，很多词长了出来
我才知道春天

在暗巷中迷路
城中村。有个小女孩
告诉我：跟着光走
当我走出去时，我才想起春天

这一刻，我想多看看这片土地
可又怕"春天"这个词
太大了，我撑不起
也压不住

第二辑
华北地区青年诗人

阿步 85后，河北沧县人。文字散见于《人民文学》《诗刊》《星星诗刊》《扬子江诗刊》《诗选刊》等刊物及多种选本。曾获第三届万松浦文学新人奖。著有诗集《夜里的马达》。

阿步的诗

大风起

快乐是短暂的
悲伤的时间稍长
也终将消失

大风又一次吹到沧州
人们都开始关紧门窗

你不再想告别什么
要离开的自己会走
你也没有什么庆祝

第二天已经到来
你还活着
我们都还活着
像历史一样活着

车卓航 00后，山西人。现为北京电影学院涉水诗社社长。

车卓航的诗

黑暗中的自愈

妈妈说：
我记忆里的胎盘
是曾被脐带缠住喉头
在子宫窒息过两次
边学怎么滑进光里
边用羊水粘上伤疤

妈妈说：
（自峡口瞻望）
我的头颅算是一片
出世就融掉的雪花
手臂，是千年沙子里
为迷津扎根的草
在一团打破生态平衡的裙褶里
用血写出串串生育事故的数字

零，零四
八，二九
妈妈说，
你像罗马一样遭受诅咒

用饥饿吞掉降生的日历
余生就在这条幸存者的丝上
不停地
品尝四处抹毒的箭矢——

在活的帆船中
翻滚，翻滚在流产的海里

陈赫　男，汉族，1992年生于中国"文学之乡"馆陶县，曾服役于解放军某部，两栖装甲车驾驶员。在《解放军文艺》《诗刊》《陆军文艺》《西藏文学》《天津文学》《星星诗刊》《星火》《四川文学》等多家报刊上发表过大量诗歌作品。先后多次获得全军军事文化节奖等全国奖项。现为《解放军报》特约撰稿人。

陈赫的诗

白鹭念

平湖影稳，晃动的亲人都像是
无法更肥的鳜鱼
无愁而垂丝，箬笠的轻盈
套在他们生硬的项上

夏木多阴，我怜芳草繁茂
却不知忽然飞来的唳蝉
也有白猿的哀鸣之吟
夜夜三声惊动着月光

在月台上，不可高声语
一念的白鹭便会由此而飞
好可怜的白鹭，便会由此而飞

一溪影的亲人啊，你们还记得
回家的路吗
我曾身披蓑衣深知你们
坠霜的姿势，已不熟练
久矣

孤本纳木错

须是从三千年前,就开始造访
把脚步放得沉重一些
最好惊世界屋脊上,已经
沉睡的蒿草

鼾声虽大,但不及经幡的吹动
呼吸虽促,但不及草地的斑斓
浓郁只需要答以,一半春休的风骨
这就足以构成
我要唤醒它的理由

它手中有苍鹰,可盘旋在辽阔之上
我心中有向往,可站在高崖边
喊出晚霞的姓名
可是啊——
你我未曾共过一盏茶的工夫
我便不敢,让你吹奏出十万吨的洁白

我敢做的也就是算来一梦
不过落日到星空的距离
下次你路过的时候,纳木错四千多米的海拔
已被银河隐去

我们只记得当一块石头
合起手掌时,纳木错的味道
——叫作孤本

独孤赟 原名刘赟，汉族，河北保定人，1993年10月生。吉林大学哲学社会学院博士生，第十六届星星大学生诗歌夏令营营员。作品散见于《星星诗刊》《诗歌月刊》《诗刊》《江南诗》《草原》《特区文学》《青春》等。

独孤赟的诗

山河雪·颠沛

淋了满身的颓废
长成了青苔的模样
我，硬生生地在头上
憋出朵米粒大小的花

横江而过的舟
连钉铆都锈着倔强
如果奔流速度足够快
也许能追得上海

打在岸上的风
不舍昼夜，澎湃地喘息
月色下，颠簸的人
为了生计，哪敢浪费须臾

烫了酒，灯就不容易灭了
掺和着三两残雪入喉
逃过命运的物化

海底到天空的距离

云朵从海里生长出来，泡沫淹没了沙滩
浪赠送我的礼物，是在被红晕染了的云朵下面
命运得到安息的贝
从生到灭，海鸥拜访过支离破碎，鱼群诱惑过旋涡
消失、短暂、颠沛
流浪的骨骸成为地壳的一部分，又或者
在月亮的时辰里化作诗歌
低吼的纤者，如同陆地上炫目的"鹦鹉螺号"
海馈赠的辛酸与咸涩，是另一种丈量的行者
我所预见的未来，不过是留在昨日的人的今天
打碎时间对生命的权力，重获自由
幸存者，永远明朗，永远向上，永远相信

管兴略 男，汉族，2007年生于山东夏津县。就读于河北省廊坊市三河市第三高级中学。美术作品荣获2020年"美院杯"全国少儿书画大赛特等奖。

管兴略的诗

玫瑰诵

我曾为一朵玫瑰驻足观望
她开在颓垣之上，沐浴在阳光下
她伴着阳光与晨露
宛若天仙羞颜长发
我想采撷她的美丽
可怎料在指尖留下一抹红晕

那是我心中的玫瑰
她如灿阳一般扎在我的心田
她开得烂漫，却不失风度
她美得过分，但超脱世俗
我深知，我不能折断她
我为她擦去花瓣上的泥土
我为她摘走颓垣上的草根
我把最干净的她留给旁人
却把最痛的荆棘留给自己

我明白
她不是我的玫瑰
可每当想起时

心中不免泛起一阵波澜

庭中三千梨花树，再无一朵入我心

玫瑰啊玫瑰，我歌颂你，可你满身的荆棘，使我无法靠近你

玫瑰啊玫瑰，我憎恨你，可你过分的美丽，使我久久不能释怀

韩其桐 女，原名韩彩霞，1996年生，山西五台人。现居五台。中国诗歌学会会员。作品多见于《诗选刊》《新诗选》《北京文学》《飞天》《青春》《黄河》《山西文学》等。

韩其桐的诗

理想生活

不过是
一座临水的小房子
檐下长草，屋顶开花
不过是
行人断断续续
从对面的石桥上走过来
再走过去
不过是天亮了，鸟鸣似翻书
不过是天黑了
心爱的人
搬来两把木头小椅子
月亮一把，我一把

窗前偶得

月亮是宇宙中的酥油灯
我不去看
谁点亮了它
谁日复一日地
给它

添油
我只是在灯下
缝缝补补
我也不去看
我缝的是什么
补的，又是什么

一瞥

你不经意间的一瞥
让我置身意大利
西西里岛东岸

一座埃特纳火山
在我的体内
诞生了

荆卓然 男，汉族，1997年6月出生，供职于阳泉市矿区融媒体中心，现居山西阳泉。中国作家协会会员，山西文学院第八届签约作家。作品散见于《诗刊》《北京文学》《上海文学》《星星诗刊》《诗选刊》《作品》《解放军文艺》《中国校园文学》等报刊，曾参加第八届中国·星星大学生诗歌夏令营。著有诗集《小鸟是春天的花朵》、散文集《桃花打开了春天的门窗》。

荆卓然的诗

一列煤车从眼前驶过

穿过岁月的乌龙
由远而近
钢铁的风火轮夹雷带电
我梦中的荒原
骤然醒来

车厢里坐着的
是产自阳泉的无烟煤
黑色的固体阳光
携带着矿工的体温
去为寂寞的星光充电

一列煤车从眼前驶过
睫毛的栅栏
关不住我对爷爷的思念
矿工出身的爷爷
肯定戴着矿灯
正在里边测量着
生死距离、人情冷暖

仰望煤城的夜空

如果有人把我仰望夜空的剪影
制成一幅版画的话
真实的我和我的梦幻
便会触手可摸

星星是头戴矿灯的矿工,正在工作
就像我的一个个梦想
远在天边,却又如此清晰

仰望煤城的夜空
我忽然想起了逝去的爷爷
他老人家此刻是否看见了我
闪烁着泪光的眼睛

敬笃 本名李安伟，出生于1986年9月。现居内蒙古乌兰察布市。哲学硕士，云南大学博士研究生，高校教师，鲁迅文学院青年作家班学员，中国作家协会会员。作品散见于《光明日报》《诗刊》《十月》《星星诗刊》《博览群书》《诗探索（理论版）》《文学报》《山东文学》《扬子江诗刊》等报刊。出版有诗集《凋谢的孤独》、文论集《无限的风景》。参加过《星星诗刊》第三届全国青年散文诗人笔会、第二十届全国散文诗笔会。

敬笃的诗

月亮之下

昨夜，我想了很久
却不知道和谁一起交换月亮
我看到的月亮一定和你
看到的月亮，不是同一个月亮
我翻看了所有塞外的笔记
却找不到一组合适的词语
揭开薄雾遮挡的月亮，陈旧的
或者古老的秋天，在白杨树上悬挂
甚至无处可依。你曾经跟我聊过李白
杜甫、王维、白居易和孟浩然
月亮进入身体之后，诗锁在
盛唐的梦境之中，所有的幻象
跟着一场别离，烟消云散
月亮的微火，无法点燃深秋的寒冷
即将到来的雪，该怎样刻下一排
游荡者的影子？我带着疑问
看向天空，天空一片灰暗

我对着石头说话

我对着石头说话
它接受一切谎言
屋檐下的雨,滴穿了
哪一片落叶?
我敲击键盘的时候
似乎,所有活着的动物
都在往山上攀爬

无法分明的昼与夜
带着某种健忘的属性
重复着昨日的记忆
石头沉默着,写下
这场雨的名字,它只是
众多场雨中的一场,就像
石头一样,它只是
众多石头中的一块
不必忧伤,时间的重量
会碾碎修辞中的永恒

李宁 1997年生。作品发表于《诗刊》《扬子江诗刊》《星星诗刊》《诗潮》等刊物。曾参加第十三届星星大学生诗歌夏令营。

李宁的诗

一代人

我走到老巷深处,这次我
从另一个地方回来,有人正在离开
这是我们的交叉点
但没人知道我们要的是什么

门前废弃了一把锄头,但这不是它
最后的归宿。锄头开始远去

紧接着,土地开始远去;紧接着,乡村开始远去
这也不是最后的归宿。它们继续远去
进入背包,黄昏和历史的内部

那个钥匙孔像小的入口
一代人使用沉默的前缀,改变着另一代人

李振 男，汉族，出生于1997年12月。现供职于山西灵石县第一中学。文学杂志编审，山西省作家协会会员，山西中青年作家高级研修班学员，山西儿童作家研修班学员，晋中市作家协会理事，灵石县作家协会副主席、团支部书记，《诗潮》第三届全国新青年诗会成员。曾在《北京文学》《诗刊》《中国校园文学》《星星诗刊》《黄河》《飞天》《诗选刊》《当代人》《延河》《江南诗》《滇池》《诗潮》《山西文学》《青春》等刊物上发表作品，获中国校园"双十佳"诗歌奖、青春文学奖等奖项。作品入选多个选本。

李振的诗

海岛

邀请一座海岛漂起来
深蓝色的皮肤和身体
倚在东海的肩上
海风吹来他的碎片和喜悦
他吐出几口雾气
让阳光把涌动的自己
倒入其中，那些人与海的轮廓
在练习之中融为一体
那些靠血缘连接起来的
海面，发出声音
在下一次涨潮之前
他翻滚着，有最真实的年龄

高原上的风

风照常在远处落着
而我拿着我的手套
从黄皮肤的大地上走过
我与白天、黑夜一起走散
在这个碌碌无为的下午

太阳和月亮从我的口袋滑落
我的脑海中,它不曾飞进来
我的脚凹下深坑,这样,我想
它下一次被我察觉的时候
一定会被我抓住
被我的手套和我的鞋子
狠狠地摁住,这熟悉的风
高原上的风

利寒 本名刘海洋，男。2002年生于内蒙古锡林郭勒盟正蓝旗。现居内蒙古锡林浩特市。内蒙古大学创业学院汉语言文学专业本科在读。系中国诗歌学会会员、中诗网第九届签约作家、锡林浩特市作家协会副秘书长。有诗歌评论在《农村青年》《中文学刊》《大家文学》等报刊上发表。曾获得白天鹅诗歌奖等奖项。著有诗集《青草万岁》。

利寒的诗

牧马天涯：马背给我依靠

日月把我定格在
马背上的一座塔
风雪把我铸造成
草原上的一座峰

额吉温情的长调
是系在颈边的哈达
阿爸坚毅的呼麦
是横扫疲惫的呼唤

在马背上我感受山峦起伏
浑厚的草野蕴藏着生命原力

唱着《蒙古马》
——故乡教我的歌
我正努力把未来的生活
谱成一支高昂动人的牧歌

孟康杰　男，汉族，2000年12月生，浙江绍兴人。现就读于国防大学军事文化学院，戏剧与影视文学专业学生。诗歌爱好者。

孟康杰的诗

如花

母亲总说，她最爱花
在暮色四合时说
在父亲发酒疯时说
在生活的悬崖边上她也说
她一边说着，一边收下母亲节
弟弟送给她的花——两朵康乃馨
一朵粉嫩，枝叶间沁出少女的香汗
还有一朵绛紫，血管里文着生命的年轮
我不爱花，却有机会一次次咀嚼昙花一现的美
用身体的生命孕育美的生命
子宫和花苞
兜住我身体和生命的苦汁
我轻声低语：如花，如花
喊魂似的
我多想喊回一个母亲干净轻盈的身体

小暑

如果我爱你，一定比一场小暑更烈
前者藏着葡萄酒的宿命，一碰就溢出血的腥味

我偷偷看你
目光是一只斟满酒的高脚杯
摇来摆去等候你唇贴杯壁时绽放的两朵红花
你回望我，指尖缠绕着鸟鸣和月光的白

于是我们趁着夜色斑驳交换身体里的魂
他们登庭，证明我额头的闪电早在遇见你时夭折
他们辩护，我眉心的红豆前世是爱情扬起的一粒沙
真想就这样爱下去
让你成为我小暑时节一场滂沱的大雨

沐昀 本名杨学敬，男，汉族，生于1997年11月，现居北京。北京大学联培博士生在读，梅兰诗社、五四文学社成员。作品见于《延河》《草原》《飞天》《青春》《辽河》《诗歌月刊》《北京诗人》等刊物。有作品入选《青年诗词选集》《新草原写作》《中国年度诗歌选》等选集。曾获壹基金×复旦诗社首届"星诗赏"优胜奖、第九届中国·邯郸大学生诗歌节最具潜力奖、第十一届白天鹅诗歌奖星锐奖、首届"长江诗歌奖"主奖。

沐昀的诗

秋分

删去秋天一半的伤感
再删去秋天一半的冷寂
把二十四小时的昼与夜
各删一半
秋分时节
麦芒质问神明
荒草催促时间
快将春天藏进未来生长的冰
快将屋檐下那只蟋蟀
藏进一部未解的《诗经》
从唐诗里取一把霜刀，将明月割断
一半赠给瘦马，一半赠给关山
一半照着孤雁，一半照着离人
每一阵金风都飞成秋天的简讯
走过那片松林
就能听见一根根秒针落地的声音

北风

北风比华夏古老，从蒙古高原到华北平原

吹得整个北方，锈迹斑斑

北风爬上农民的额头，吹出古铜，吹出沟壑

吹出黄土高原上永恒的黄昏

那至高无上的风，驱赶着我们

尽管内心炽热，已如铁水

泼得黄河一半浑浊，一半清澈

北方的残冬拖着长长的尾巴

鸽子那么硕大的雪花，太多

工笔那么细腻的牡丹，太少

背着风，骑马出呼和浩特，十公里外是荒原

一百公里外仍是荒原

芸姬 女，本名苏韫宁，汉族，2002年10月生于北京，祖籍陕西，现居北京市西城区。北京大学中国语言文学系汉语言文学专业本科在读。2022年开始尝试创作儿童诗。作品散见于《灵鹿》《诗人地理周刊》《建筑安全》《南方诗歌》《欧洲诗人》及公众号"新童诗"等。童诗《云朵鸭》曾在壹基金×复旦诗社"星诗赏——关爱孤独症群体倡议诗歌大赛"中获评优秀诗歌。

芸姬的诗

姜姜

我注视着你
雾气自虚空的裂隙逸出
透明的鱼群逃离眼窝，将世界涂抹成一汪湖水
你名字的颜色滚起泥沙，在湖底翻腾
我的喉咙便感到歉疚的刺痛
此刻，唯有女巫能按下世界的开关
她荆棘之堡的阁楼，你的母亲
正用双手奏响白骨般的琴键

石榴

那并不是种子
而是沉睡的流星
许愿的光芒无法熄灭
只好任其封冻
停滞在血肉的包裹

你不愿剖开腹部
让它们逸离
只因不忍目睹

水晶壳外黏附的血渍

也曾有人帮你实现
但阵痛爬满叶脉之后
摇动的枝条会又一次提醒
失重
也许确实没有褒义

回味着一个又一个愿望的
石榴
你依然垂在树梢
进行着一场又一场
冬眠

冀秀成 00后。本科毕业于北方工业大学汉语言文学专业，已成功推免至北京语言大学攻读硕士研究生。中国诗歌学会会员，北京市石景山区作家协会会员。在《中国文艺家》《中国家庭报》《北京晚报》《百花》《今古传奇》《春秋》等刊物上发表诗文多篇，在《名作欣赏》上发表学术论文，文学作品多次获奖。在第九届"李白杯"全国诗歌大赛中获"大学生特别奖"等。

冀秀成的诗

冬季听雪

在秋夜的森林里安然睡去
于冬季苏醒
银杏为抵挡凛冽的寒风
披上一件白色的棉衣

雪白落尽大地，银装素裹
林间被松针刺满针灸
夜晚宁静，风静，雪亦静
无人会打破这份静中深藏的祥和

沙沙声是心跳摆渡的声音
剔透的世界中落入一点梅花
不必解读一朵花有怎样的意义
——寒冬就足以证明一切

心中的雪，倏尔变骤……
我提起笔，在纸上画下我与世界
对坐的模样，夹上一片枫叶
躺入另一个平行时空，变回夜晚的新星

生命在于运动

生命由"静止"转变到"运动"
催生雨后路旁的蘑菇
大自然的笑颜雕刻成年轮
全世界的人，静止又运动
一万米高空的白云和黑云
不定期、不定时撞击，亲吻
洒下幸福的好雨，滋润
万物中的我们，茁壮生长
绿油油的
与枯树隔离
最终又变成枯树
蚂蚁运输着童年时的梦想
运到月亮上，馥郁的雾霭
活在雨水中，像一条鱼
渴望被月光之钩钓中
收入发光世界的渔网，化作一棵
纹理清晰的蘑菇树，生长蘑菇
退出呼吸，让一份运动的安逸
永存于文字和生命的迹象中

刘祥玺 男,山东人,北京语言大学人文学院中文系硕士研究生。

刘祥玺的诗

故乡

出生在故乡
离别在故乡
故乡是天生的胎记
故乡不能被选择
热爱故乡没有理由
我把故乡比作母亲
却不能比作父亲
人生有许多悖论
记忆却不能遗忘
我始终怀念我的故乡
却从未触碰过它
我怀念故乡尘封的过去
却终止了它的未来
才发现故乡始终是异乡
故乡一直走在回家的路上

周园园　女，汉族，1989年出生于黑龙江，自由职业，现居天津。中国作家协会会员。有作品见于《诗刊》《星星诗刊》《草堂》《芳草》《山花》《中国诗歌》《福建文学》《香港文学》《扬子江诗刊》等刊，曾获樱花诗歌奖、鲁藜诗歌奖等。

周园园的诗

如约而至

天气阴沉，冷风呼啸
预示一场中到大雪的降临
在华北，雪也并不是常见的
体形瘦小的雀鸟
落在窗外的栾树上
呼吸爱人的气味
并把它藏进陶罐
如果雪花如约而至
我们就在那片如玉的洁白里
交付此生安宁

唯一的我

无数的我，落进繁茂的悬铃木
只为唯一的我，带来沉静明亮的颜色
无数的我，加入鸟群盛夏的和鸣
只为唯一的我，不要执着于黑暗处
那始终无法解开的谜

城市隐身在氤氲的雾气中

咬着手指思考的那些问题
在这一秒自行瓦解
当忙碌起来时，把爱灌注在每一个
如同麦粒一样的雨滴里

第三辑
华东地区青年诗人

甘恬 女，生于1994年3月1日，湖南衡阳人，现供职于上海字节跳动公司海外市场部。英国杜伦大学商学院硕士毕业生。中国诗歌学会会员，中国散文学会会员，湖南省作家协会会员。曾在《人民日报》《中国文化报》《西海都市报》《澳门晚报》《海华都市报》《印华日报》《雪莲》《武汉文学》《文学风》《台客诗刊》《香港流派诗刊》《湖南诗人》《石鼓文化》等海内外报刊上发表作品数十篇（首），获《文萃报》《名作欣赏》《西部散文选刊》优秀作品奖，作品被收入十几个权威选本。

甘恬的诗

花土沟的花香

突然间，似乎闻到一缕馨香
来自遥远的柴达木西部
花土沟的花房

世界上，那么多的奇花异卉
为什么偏偏让我
无端想起陌生的异乡

从未到过的地方
只在奶奶讲述的故事里
啊，花土沟的花香

最香的，是夏日的茉莉花
最美的，是那个养花女工
陕北婆姨，与我的奶奶同龄

澳门的灯火

精巧的街灯映衬着花朵
美轮美奂的澳门

113

比起白日更显浮华富丽

停泊在海上的船只
伴随星光
随着波浪轻轻地摇晃

从跨海大桥上匆匆经过
灯火唤起
游子思乡的眼泪

海风从脸上拂过
轻轻柔柔
就像妈妈的纤手

灯火温馨的澳门
是我心中
最美不过的澳门

韩卓颖 女，汉族，2001年11月生，现就读于浙江省丽水学院。

韩卓颖的诗

秋沙鸭

你嗅江面上的光，拨算着多久
让途经的白鲟惊弓跃起
画出响亮的波浪线
而你们的喙相互纠缠
呼吸放轻，水柏枝给了九月
重新通航的机会
我们打开这片腹地
折叠出苹果绿的气息
然而我像你亲密的眷侣
传送未明的话语

小城三月

在这个小城，他们说每个人
居囿在隐瞒的幽草中
斜对面的阿婆已许久未露面
我误以为，上了年纪的人
都不愿出门，去亲近阳光

而后，听闻她们走了

我无须追问
像后门口台阶下的青苔
每当雨势上涨
她们被贸然淹没

是的,仿佛深谙
小城三月是个旧疾复发的季节

鹤晴天 原名刘晴天，女，汉族，2000年1月10日生于浙江温州，中国美术学院硕士在读，现居浙江杭州。著有诗画集《饮尽蔚蓝》、童话《阿北》，绘有《阳光娃娃小晴天（升级版）》系列童书十余册，曾获冰心儿童文学新作奖、"二十一世纪杯"中国青少年文学创作奖等奖项。

鹤晴天的诗

流浪

我梦见
狗尾草
米黄色芦苇摇着
深深摇进我的记忆
比我见过的
任何姑娘、小伙子
都好看

梦见我的眼睛
倒映天空
仿若永远不能洗掉
那种蔚蓝
梦见姜饼味的笑
梦见我记忆深处的梦

我梦见家
在这片土地上徜徉的
最终都随风而去
早就明白
我也一样

土地
你有没有遗忘他们

只想坐在大地的脊梁上
吹吹风
我想带土地出去走走
不用缰绳
信马由缰

洪小虎 原名洪文谅，1986年出生，福建人。小树林教育副校长、温陵书院副院长，泉州市文艺评论家协会会员，对木诗社成员。

洪小虎的诗

书签

每一本书都需要一张书签
它坚持亲吻每一页

就像一匹马要配一副鞍
如果你兴致昂扬，可以快马加鞭

就像一道美食需要色香味
如果你细致品尝，可以一口一口咀嚼

它能看透书中各种有趣的表演
这些被标记的页面便是心中理想的画面

很多时候它不给自己留后路
那就剩下一路向前

梯

闲时，你静默靠边站时，你反复被踩踏
你，可上、能下
虽无法左右自己的命运

然而一个命运
是另一些命运的延伸

黄小雅 生于2003年，山东诸城人，山东省青年作家协会会员，烟台大学汉语言文学系学生。有作品发表于《当代》《青岛文学》《青海湖》等国内杂志。

黄小雅的诗

绿

夏天的梦，会被绿缠绕
一层又一层；重重叠叠的绿
在夜晚蔓延……

绿和绿，在一场雨中互相缠绵
绿色的梦，无边无际的绿……

夏天的夜晚
一个人在绿中迷失……

古典

鸟儿在雨中滑翔
阳光落在波光粼粼的河面上
月光亮闪闪

春天的马匹踏遍了山坡
一眨眼间，青草漫过了坟丘

风依次穿过，发情的事物
有人一个梦，做了整个春天

李安棣 男，安徽寿县人，2001年4月生。现就读于南昌大学。12岁时开始创作和发表新诗，2018年加入安徽省作家协会，被《诗歌月刊》誉为安徽省新生代诗人。著有诗集《三叶草》（合集）。诗作在《中国校园文学》《诗歌月刊》《语文报》《诗词报》等刊物上发表，收入《华语诗歌年鉴（2013—2014年）》《2018年中国新诗日历》等选本。

李安棣的诗

你的告别

今天我的桌上跑过好多条鱼
可我没写出称心的网
只好看着她们自由自在地
游到下一个尚未命名的季节去

但是今晚我或许会点开台灯
找一找桌面上她们留下的眼神
木纹海浪里的尾迹
像消了气的蓝汽水夹进我的本子里

我不曾有过与鱼约会的经历
毕竟她们只有一颗硬币那么大的记忆
无论将邀请写得多么精细
也兜不住那流星一样穿过的形体

她们就这样给我出了一道
写作星期日的数学题
那就把"日"上下两个括号删去变成星期一
趁着月亮没来便将一个新的星期开启

牵着微黄的灯光坐上从本子里抖出的船
一股脑蹿到桌面那头的海里
这样在下一个季节的名字被定下前
我们算是一直在一起

让我搁浅的笔作别圆圆的过往
戳破卡在木头海沫上多余的情绪
泡在那没写完的回眸中
消了气的蓝汽水里

李旻 女，90后，江西省作家协会会员。作品散见于各类报刊及年度选本，入围第六届、第八届中国青年诗人奖，获2023"风雅杯"新时代诗词美文笔会二等奖。

李旻的诗

回家

倘若，游荡在夜里的灯火
能再明亮些
那路边的每一棵树
都是我奔向你的见证者

像秋天一样饱满

钟声似水波般荡漾开，一下一下
撞向南方的秋天
你跟在我身后
全然不顾我的催促
只是蹲下小小的身体，用绵软的嗓音对我说：
"妈妈你看，我在捡阳光"
一瞬间
我的内心似掀起惊涛骇浪
童年的小船，载着
那些落叶做成的书签，路边捡的石子
还有田间小路，偷吃的麻雀
以及吹过我又吹向你的风，打翻在我面前
时光重叠

我终于找回多年以前珍藏的宝贝
此刻,我像秋天一样饱满
与你一起,隐匿在暮色西沉里

李磊白 1984年2月生于安徽合肥，编剧、高校教师、诗人，毕业于北京电影学院。话剧《同一屋檐》获2016年北京大学生戏剧节最佳作品奖，话剧《离婚》入围2020老舍青年戏剧文学创作人才培养计划。著有长篇小说《潜水者》。

李磊白的诗

渴望

我见不到树的根
但可以看到云的眼睛
你穿越尘土飞扬的街道
我在楼层的间隙里袒露身体
你在阳光背面独自哭泣
你说生活向你展露邪恶的獠牙
我说赶紧躲起来不要出声
狗儿在工业区奔跑
跑进车间里铸造成雕塑
我们走进商场
买走雕塑
你说这都是生活的替身
我潜入楼层
渴望着爱情到来

人间

人间的事留在人间
是地狱还是天堂
似乎变得不再重要

一切空空荡荡
我也迷迷茫茫
灰蒙蒙的夜里
花朵泣不成声
蓝汪汪的白天
树木窃窃私语
永远和瞬间并存
还好有人间
炊烟袅袅
车马喧嚣
原来
一碗豆浆里
藏了无数个人间

林映君 福建泉州人，温陵书院青少儿童阅读导师、对木诗社成员、《给孩子们的诗》副主编。在《福建文学》《海丝文评》《撼诗刊》《望他山》等杂志、公众号上发表过作品。

林映君的诗

孤独的人捡蝉鸣

秋夜里，孤独的人捡蝉鸣
用一弯月喂养一匹瘦马
清风、雨露和灯下的影
慢慢磨出黑的棱角
用心底的呼喊擦出亮光
让一匹瘦马回到
属于马的平原

春天像一把慈悲的蒲扇

从枝头到蜜蜂，占据了春天多少个好词
在燕子的体内先于春风，飞出赞美的诗行

一场雨水，刚好用来省略花朵滚烫的话语
晕开的笔墨把天地都写满了柔软

春天啊，多像一把慈悲的蒲扇，慢慢摇动
让梅花归于长眠，让我归于大地

洛白 本名高正阳，男，汉族，1988年6月生于扬州，现居南京，现任南京市赤壁路小学语文教师。诗作发表于《钟山》《山东文学》《扬子江诗刊》《诗歌月刊》《中国诗歌》《夜郎文学》《芙蓉锦江》《光线诗刊》《蓝鲨诗刊》《零度诗刊》等，曾有诗歌在南京书展上展出，曾入围首届淬剑诗歌奖。著有诗集《60首诗：你是你自己遗忘的风暴》《洪荒书》《回到陆地以后：洛白诗选》。

洛白的诗

乐园

你在庭院燃起了烟花
门外的衰草还留在门外
更远的烟，拨动你的清梦
鼾声装饰着天涯
只有读过《离别》才记得
晚间那一点星星的明亮
我喜爱乡间的暮色苍茫
巨大的孤独淹没了人类
我喜爱无垠的野湖泊
如同海洋，而你是一座岛
无所归依，随时幻灭
妆台上留有去年鲜艳的灰尘
友人竟也重读《惶然录》
乃独立雪中使炉火更为明亮
纸灯笼停在墙脚递送春的足音
你燃起最后一根烟花，奔驰
忘却玲珑的过往，泪儿轻薄
莫不是春的哀愁策划着探听
忽觉儿时的梦也已衰老了

罗派 原名马健，出生于1995年8月，山东人。现供职于青岛出版社。山东省作家协会会员，获评2023年度泉城实力作家。有作品散见于《星星诗刊》《北京文学》《扬子江诗刊》《山东文学》《草原》《时代文学》《散文诗》等刊物，偶有获奖。

罗派的诗

雨没有留住你

夏雨没有在既定的时令下落，飞絮
还在柏油路上挑逗着行人
过了五月，诸多沉睡的事物渐渐苏醒
呈现出异样的层次感
雨水落入小城，灌洗着烦闷的日子
人们在长廊与河岸旁观摩落雨
仿佛落下的是他们一生的缩影
关于你的旧事，我已经在雨中渐忘
或许，这是无法更改的宿命
我们终究要在雨后走入陌路
噙着一生的泪水互相道别

空白的山野

白雾中，隐约可见的草木不断后退
自山腰处宣告冬日的逼近
游人在密道中来回摸索
仿佛眼前的日子是模糊之物
他们习惯以旁观者的立场谈论生活
谈论着不见的其他事物

除了外人，山间自有虫鱼飞禽
一只斑鸠，或临潭饮水的梅鹿
不再以全身示人
面对周身机械的文明，它们毫不胆怯
旧山之中，总有神圣的庙宇坐落
尽管少有香火气在此留驻，青山依旧
落叶与积雪，看不出生活的痕迹
也许在某一天
山野间会再次盈满外延的草木

王傲雪 90后，籍贯江苏苏州，毕业于上海师范大学。江苏省中华诗学研究会会员、苏州市相城区作家协会会员、语文出版社"中学生文学课"研究员。近六年，参与编写并出版了《小学语文全景阅读》《小学语文拓展阅读》《小学创意写作》等。

王傲雪的诗

自由

让我成为你们的首领
去黑暗的深处一探究竟

呼唤，未必都有回音
安静，或许能听到自己和世界的真心

我们生而明亮
理应站在星河的中央开启黎明

如果我不能成为诗人
就成为诗人头顶自由的星星

王钧毅 1995年生于浙江衢州。文学硕士。浙江省作家协会、浙江省文艺评论家协会会员。在《诗刊》《诗歌月刊》《江南诗》《中国校园文学》《中国文艺家》《名作欣赏》《飞天》《青海湖》《青春》等刊物上发表诗歌百余首、评论10余篇。入选浙江省作家协会第十批"新荷计划"人才库,中国诗歌学会2022年度优秀会员。曾参加第五届长三角新青年诗会。著有诗集《移动的孤岛》(即将出版)。

王钧毅的诗

梦的延续

喊你的名字,喊熟了橘林
我沿着丘陵而上
经过河床,没有一片水
留在石头上不被蒸腾

日光借来深秋的梯子
摘取高处的果实
更多时候,我停下剪子
与纷扰的橘林对视

靠着橘树,入睡前
再看一眼天上徘徊的鹰
只要思念够深
就定能看到梦的延续

出海

灰蓝色的海水在前方延伸,直到碰触
那条界线,就像纸上词语之间
有着互不相容的情感密度

他扶着护栏与海洋比试腕力
倾斜的甲板,溢出眩晕的潮汐
吃水线反映着双方的进退

海鸥从海浪的褶皱中显身
被咬住的鱼和白羽一起向神话的
天空飞升。袖珍的鲲鹏之变

返航时,讨海人仍躬身于风浪
嶙峋的礁岩举竿奔走
其上的木栈道如蜿蜒腾跃的长龙

哈拉湖

雪山不断擦亮哈拉湖的边际
也用极限的高度敲击面颊
原羚累了就歇下四蹄
向黄沙献出止息的犄角

在远处渴慕你染过的蓝色发丝
你终将走向成熟
经不住冰川的诱惑
而蓄起黑发

我们和车迹一道跌撞着
何时能躲过草甸潜伏的敌意
举胎器升起深陷的车轮
与你艰难碰杯

天边的鲲鱼衔住夕阳
鳞片如碎瓷经历双重烧造

而一座瓷宫正倾其繁华
沉落湖底

王欣妍 女，汉族，2000年3月生，福建泉州人，现求学于浙江，浙江大学文学院中国古代文学专业2022级硕士研究生在读。曾获全国大学生樱花诗赛奖、浙江省"青春诗会"二等奖等奖项。作品见于《中华辞赋》《青春》《散文诗》等刊物。

王欣妍的诗

第三人称的牧羊人

第七日的沉默
在我们的瞳孔里捞取
一道自由的掠影
因为门栏上剩余的一毫厘
无人细听
蹄印，学步时
一个新鲜的吻痕
羊群唯白首是瞻地
摇了摇头——
或许不曾听说"另一面"
老者也失路
又是一轮循环的叙事：
我们被包围
在旧日的窠臼里
因为那些瞬间
牧羊人又在脊背的弧度里
留下一颗顽石之心

吴衍 女，汉族，1991年9月生，江西武宁人。现就职于江西省农村信用社联合社，居南昌。江西省作家协会会员、中国金融作家协会会员。作品散见于《作品》《星火》《绿风》《散文诗》《金融文坛》等刊。

吴衍的诗

诗是母亲

如果不是诗，又会是什么
让我们得以在这凉薄的人世间
散发着微弱的光和清幽的暖
并终于，与这初夏的一池绿树残红
相遇

谢健健 男，汉族，1997年3月生，现工作于温州市洞头区档案馆，现居浙江温州。中国作家协会会员。作品见于《北京文学》《上海文学》《当代》《诗刊》《青年文学》《扬子江诗刊》《星星诗刊》《草堂》等。曾获李叔同国际诗歌奖新锐奖等。参加第二届长三角青年诗会。入选浙江省"新荷计划"人才库。有诗作入选各选本。著有诗集《梅雨潮信》《年历考证》。

谢健健的诗

千户苗寨

夜晚旅程终点的灯被点亮了
你，自上而下倒退回九十年代
我购买超出限制的观光车票
盘旋于山道，取你每帧视角的景
观景台上的人群陷入迷惘
对于异常慷慨的美难以相信承诺
嘈杂中有一种同频的静默：注视
吊脚楼发光，建筑群像悬浮的热气球
漫延山峰，夹缝里流过的溪水
晃动倒影提示着此刻并非静止画面

下山的速度变得很快，痴迷
忽略了细雨和风侵入单薄的衣服
探出扶手，未名的树叶
会为我送来一只春虫的问候
你星星点点的斑驳，是一只变异
色彩，以木屋作为巢穴的萤火虫
登山的人不断从身边流逝
路过原住民的医院、学校还有
更深处的棺椁，那儿没有光亮

半山腰的你是座停航的船渡码头

游方街上的路牌通往四面八方
贴近山下人世的意味。夜
至少为"商业"这个灼热的词，降温
回到少为人所见的从前。你爱自己
曾经被贫瘠煤油打亮的青丝
会在风雨桥下摘下沉重的头饰
以熟稔的气息浣洗溪水。回到黑夜
你回到一种闺中待嫁的宁静——
我只遇见过，但难以久留
我懂得生活就是遗憾的别名

青海湖来信

越过油菜花田才能接近雪线
从前你去青海游学，入祁连山
像是鳇鱼溯游回亲切的母亲怀抱
青海湖畔，一匹孤独的小马在等待骑手

旷野的风吹开经幡疲倦的面容
游牧民族的气息涌动你年轻的身体
云层如此低沉，仿佛就在头顶
你贪恋于高原吐纳天空的第一口氧气

破碎的天空之镜，刚刚停驻过飞鸟
倒映碉楼迟暮的斜影。岸边的菜花丛
间或穿过红袍的上师，缓慢地消失
他们法袍晃荡遮掩世间生死的谜

游荡在湖畔，你感受到高原的晕眩
城市生活，你厌倦它不见犄角的乏味

有一种轻盈伴随着观光小黄车
行驶在不见高楼大厦的木桥

所有的爱恨都留在了青海湖畔
磨平于湖水,第一千次不知疲倦地靠岸
牦牛的低哞被大风吹往未来,给你
送来自然的安慰,和青海湖的信笺

兰州,黄河上的城市

悬空于河流的城市。经过黄河母亲像
每个人都感觉像被河水
分娩而出。暑日大汗,纤夫们
感染了岸上喝酒的人群,那纤绳
仿佛生根在他们肩头,再结出
一道血色深红的枝丫,古渡口
开过崭新的汽轮,但不是恒久的风景——
相同的是那些打水漂的人
他们弯腰捡起落网的石子
希冀石子能飞到三角洲更深处
世事静如流水,而人群涉水而来
大街上,不变的是悬而未决的眺望
那些脚步急促离开的声响,像羊群
啃食完了草地去往下一个牧场
你会爱上一碗牛奶鸡蛋醪糟
汤汁在热气中烫伤你蠕动的胃
有人大口喝酒,麻痹伤感的神经
——这艰难抵达而扒手盛行的车站
空荡荡的口袋像无休止的问号
心爱之物裹挟在人潮中出城,会被
倒卖成第几手廉价处理品

秀春　原名吕秀琪。90后，江西南昌人。自由职业者，爱好写诗，偶得奖项。曾有作品发表于纸刊，如《南昌日报》《槐荫文学》《诗歌报》《澄湖》《原野》《中国·诗影响》等。

秀春的诗

在一条街上获得的快乐

童年，竟来自
一份水煮细米粉的味道
年轻人都在排队，我也不例外
我只点喜爱吃的，并嘱咐老人家
撒点儿葱花，放点儿碎萝卜干
她颤巍巍的手，拿起又放下
我的心从遥远的地方赶回来
仿佛金黄色的稻子欢迎远来之人
仿佛是另一个我重新把我塑造在
日落时分，与素未谋面的人相逢
一对老夫妻，起早摸黑。即使没有鸡鸣声满天
我依然能感觉到布满皱纹的手
在虔诚地做着今日的一切

行走的花

请用无语的沉默
击中我
春花已逝，再没有惊艳的东西
可以留存

当雨轻轻地下，在那些不曾被梦
打扰的日子里
一株沉香桂，就那样盛开了
我已没有语言去赞美
一种美或孤独
因那状态在一个人的旅程里
自由行走

我喜欢

我喜欢安静的家里
一切静谧的事物
当我打开灯光，然后又
迅速关上时
我喜欢那摸黑进行的一切
月光透过窗玻璃折射莹莹白光
仿佛儿时重现
母亲向我走来
她牵着我的手
走进她的房间
她在没有我音讯的那些日子里
无比怀念我——
我是她的女儿
胜过是上帝的

杨维松 男，汉族，1984年生于山东临沂。山东省作家协会会员，临沂市青年作家协会副主席。现供职于某法院，一级法官，兼职法学硕士研究生导师。作品散见于《诗选刊》《北方文学》《山东文学》《四川文学》《时代文学》《延河》《鹿鸣》《辽河》《野草》等。著有诗集《你是我笔下栖落的燕子》《凤渡口》等。

杨维松的诗

相遇江城

二姐，"相遇"是一个多么动人的词
尤其是来武汉后才知道你就在武汉
一别十七年，别来无恙
你从一个火炉来到另一个火炉
注定你是火辣的二姐
十七年前给你写诗，十七年后还给你写诗
二姐，如今我们用一朵梅花
绽放的时间，相遇在五月的江城
让我不由得想起，一起求学的时光
一起吃过的臊子面
一起和大姐在火车站接人的夜晚
还有你的睿智，你的担当，你的敢爱敢恨
二姐，你用"一品茄龙"让我读懂江城
你一直说再多陪我走一会儿吧
有可能一别不会再见
是的，假如今天不曾相遇
我们有可能今生不会相遇
但相遇的江城注定是离别的地方

在医院

在医院，微笑是奢侈的
被病痛打倒之前
微笑又是多么不值一提
疼痛却让我们坚强
旁边的孩子正哭得没有节奏
心想怵针的我为什么要坚强
曾经的自己又去了哪里
打住！我应该想一些美好的事
比如生与死只差一张纸的距离
功与名也就是一张纸的重量

易文杰 1997年10月生,汉族,男,广东广州人。厦门大学在读硕士研究生。文学作品见于《中国校园文学》《台港文学选刊》《香港文学》等刊物。文学评论见于《上海文化》《文艺报》《星星·诗歌理论》《华文文学》《海峡文艺评论》等刊物。入围第八届华语青年作家奖·新批评奖终评,曾获第四十届全国大学生樱花诗赛二等奖、全国大学生第七届野草文学奖二等奖、第五届诗酒文化大会现代诗组铜奖、第四届全国大学生四月诗会"四月诗人"等奖项。

易文杰的诗

像刚看到这个世界那样蓝

而当一滴海水融入一片大海
正如一片歌声融入一首乐曲
和波浪的韵律一起
编织歌唱祖国的十四行诗

整片蔚蓝的共同体美学——
大海啊。当黄昏逝去时,童心未泯的繁星
把闪耀的童心都倒映在你里面……
海水,无私地向一切敞开容纳的怀抱

繁星,让汹涌的海兽突然平息
平静了一瞬
却像平静了一个世纪
如叶落归根般平静

海水平静了一瞬
继续不休不止地把蓝色汹涌
月色半旧,风声半旧
而那大海永远像不曾衰老那样蓝

没有棱角也无边无际地蓝
超越一切喧哗的蓝
像刚看到这个世界那样蓝
汹涌了一日，就像汹涌了千万年那样蓝……

尤佑 本名刘传友，1983年秋生于江西都昌。现居浙江嘉兴。中国作家协会会员，中国文艺评论家协会会员，嘉兴市文艺评论家协会副主席。作品见于《十月》《星星诗刊》《青年文学》《诗歌月刊》《诗潮》《江南诗》《西湖》等刊物。著有《莫妮卡与兰花》《归于书》《汉语容器》《镜子，或时间之梦》等诗文集。2019年入选浙江省"新荷十家"，2021年参加第十一届"十月诗会"。

尤佑的诗

离心力

写一首诗给母亲
相当于驾驶一辆车奔赴千里
回到故乡的炊烟中
相思亭隧道因而漫长

一个月前，离心力
将你甩出——茶饭不思
病患徒生，门前李树停止生长
我带着悔恨的泪水
那是水雾与山岚
将你拥在怀中
语言之炉，日渐回暖

章雪霏 女，汉族，1996年2月生，浙江大学新闻与传播专业硕士，现居杭州。百胜中国肯德基品牌公关。作品散见于《扬子江诗刊》《诗歌月刊》《浙江诗人》《南方诗歌》等刊物与选本。

章雪霏的诗

星际游乐场

行星自转是旋转木马
绕恒星公转成云霄飞车
流星雨像随机燃放的氛围礼花
时不时照亮宇宙幼儿托管处
我们都出生在免费的星际游乐场里

分行

当一只白色塑料袋在隧道深处时
舒展四肢，轻盈曼舞

当汽车和人群的疙瘩褪去时
深夜的城市打通了脉络

当星群经过如宇宙之复眼转动时
已入睡的人们，忽然一颤

你曾长久地把头埋入生活里
此刻抬起头，用诗歌换气

世界完成了它的分行

钟业天 女，汉族，2002年出生，现居江西赣州。江西省作家协会会员。作品发表于《诗刊》《中国校园文学》《扬子江诗刊》《星星诗刊》《诗歌月刊》《散文诗》《星火》《滇池》等刊，入选《新诗选》《2022湖南诗歌年选》等选本。

钟业天的诗

雨湖公园

女孩正试图让雨湖静止，以便
将其在一张空白画纸上复制
在她周围，小鼓点缀人群
一些陌生口音落于湖岸，被录音机
反复播放。紫藤萝编织弧形长廊

这是一个平常的下午
阳光开得很好，香樟茂密之处
麻雀争相降临。所有无关的
故事，都曾把她忽略

赣州西站

如果你来，四月就将
多出一个夜晚。没有躲藏和撤回
雨水每两秒更新一次
这三百五十公里，约等于两个小时的
田野与山坡，湖水和落日在车窗外
不断吞噬旧故事的倒影

沿原路折返，我愿你是一只
透明的玻璃瓶。情愿漂流
并收集水的苦涩，开始与结束
看上去别无两样

青年路

属于你的赣州只剩冬夏
错过银杏金黄，你把
茉莉、玫瑰、薄荷叶、三角梅
夹进书页，让它们和纸一样
薄和轻。工人修剪多余的枝丫
草木相接的商店屋檐，与你肩上
都反复飘满细小的木屑

回头看，书写过的路口
依旧薄雾弥漫，向前是木客街
左拐是西郊路，十字路口绿灯闪烁
麻雀跳跃。已无人在身后飞奔
试图喊住你昏黄的影子

肖博文 男，90后，江西吉安人。业余时间喜欢写诗，在冥思状态中与缪斯对话。

肖博文的诗

雨夜

在雨夜出门
把心思编进雨丝
没有人发觉
从他们皮肤流过的水迹
酸的抑或苦涩
也无人理会
雨是夜的大氅
所以路上总有一个光着胳膊的反光的肉身
从后面奔去前头
而无人理会
好像默片里的演员
和默片外的观众
一样沉默
从雨夜返回
抖搂伞面残余的水滴
靠窗听远处有人吹奏乐器
比滴落的雨还要轻

老那图的鹰

老那图的鹰翱翔在没有天空的天空
塌陷的天空
它们把那地方叫作里哨
鹰一只一只从里哨飞过
没有一只鹰
那里的空气中时常飘浮着羽毛
我曾经问过居住在那里的人
他们总是用相同的语气说着相同的故事
最后一只鹰死在了里哨的崖风里
老那图离开了那儿
没有人有放鹰的手法
那些无主的鹰像沙砾
盘旋而后消失
我在去那索的路上碰见了他
他说自己终结了所有
他的最后一只鹰陷落在没有风的里哨

刘舒怡 女，2000年生于江西永新。香港科技大学硕士研究生，2020—2022年服役于某部。曾发表作品60余篇（首）。

刘舒怡的诗

告别西北

告别西北
告别我前世的故土，今生的遥望
告别我萍水相逢的不老情人
送别我时
风沙打湿了我的眼睛和头发
裹挟我的灵魂，向更西北流浪

告别西北
告别雨、朦胧和绿色的遗忘之地
告别野马、懒散的羊群和固执的沙冬青
在山一般的骨架上
是粗砾、碎石和黄沙一样的细胞
是丹霞和落日描绘的眼眸，张扬、犀利又深邃沉默
她的血很冷
看过了太多历史，却对生命一无所知

告别西北
告别黎明前亮起的帐篷
告别长伴岗亭的北斗星
风沙把军号无限放大

回荡，直至粗糙的尽头——祁连山
在广袤的吟唱里我看见
我的灯和行囊已经落满灰尘

告别西北
告别让我失眠的熄灯号
告别最后一天的四季轮回
为了重逢不会消失的哨声

第四辑
西北地区青年诗人

包文平　男，汉族，1987年7月生于甘肃岷县。中国作家协会会员，岷县第三中学教师。在《诗刊》《人民文学》《星星诗刊》等发表过诗作。诗歌入选《青年诗歌年鉴》《中国年度诗歌》《中国年度诗歌精选》等多种选本。获人民文学诗歌新人奖、甘肃黄河文学奖等。著有诗集《祈祷辞》，编著《轨道二十年诗选》。

包文平的诗

大地上写诗的人

那个在大地的田字格里，蚂蚁一样
腾挪写诗的女人，是你前世的母亲

春雨着墨，锄头作笔
一亩三分的土地是她笔下洒金的宣纸
一粒麦子、一颗土豆都像一个个张嘴说话的文字
写下羊牛下括，鸡栖于埘

她的诗里，桃花粉嫩，梨白似雪
田垄纵横是她额头的沟沟壑壑
池塘里的蛙鸣，山间的雀噪，是一群吵架的逗号
她俯下身子，拔出诗歌行间的杂草
让麦子抽穗，玉米直起了腰

她写下稻麦成熟，五谷丰登
她写下葡萄满架，春花满楼
她写下幸福，又被一场暴雨涂改
她写下希望，却被一阵乱风吹刮

最后，她写下自己——

一个目不识丁的人，倾其一生
完成了大地上最后的分行……
然后像一颗种子，重新回到土里
拱起一个骄傲的句号

背柴火的女人

一个女人，背着大捆的柴火回家
晚风要是再凌厉一些
她和她背上的柴垛
就会被风吹散
夕阳的火籽要是再灼热一些
她连同她背上的柴火
就会被点燃，化作一缕风烟

她小心翼翼地经过木桥
小心翼翼地把背上的骨头收拢
……
是不是我们每个人都是一把卑贱的骨头
倾其一生，都颤颤巍巍地
背着自己的骨头在走

马永霞 回族，新疆作家协会理事、会员，乌鲁木齐市作家协会理事。现居乌鲁木齐。鲁迅文学院首届"文化润疆班"学员。作品散见于《诗刊》《当代》《扬子江诗刊》《星星诗刊》《诗歌月刊》《西部》《民族文汇》《回族文学》等刊。著有诗集《桑树下的迁徙》。

马永霞的诗

冬天的声音

在吐鲁番盆地，北风
会把一个人的脸雕刻得很干净
西北腹地，空气则潜藏得很深
代替它流动的是羊群和阳光
它们象征着生命与光明的循环
这是小时候就有的认定

那些大声说话的人面前
凝起了更厚的云层，仿佛他们的声音试图在寒冷中留下痕迹
我没有忘记那些低语者，他们的声音在寂静中回荡
寻找着存在的证明

梦

一夜之间，它们击碎了楼兰的春天
古老的历史没有记载确切的日期
一切都来得猝不及防，就像国王的盛宴
面对一朵花，城市显得那么遥远
在这个春天，麻雀们计算着日子

这不过是花园里寻常的一幕
没有人注意到它们在春风中播种
所到之处都是一个个梦境

才仁久丁 藏族，青海省玉树藏族自治州囊谦县人。现居西宁。青海省作家协会会员、玉树藏族自治州作家协会副秘书长、囊谦县文联委员。鲁迅文学院第三十六期少数民族文学创作班学员、浙江高级作家研修班学员。获郭小川诗歌奖、第五届中国青年诗人奖、唐蕃古道文学奖等。著有诗集《阿妈的念珠》《天堂里的半个娘》2部。

才仁久丁的诗

笛身

我，被这风
吹了无数个洞

黑夜对着黑夜
举杯对饮

窗外的夜莺
模仿着洞里吹出的
笛声

郭伊丽 女，回族，出生于2003年6月，兰州文理学院学生，兰州文理学院写作中心成员。

郭伊丽的诗

异变

风你在呼唤谁
天山上的雪在哭啼
雨你在向谁求救
大海里的水已变色

嘟嘟嘟
草地变成了马路
森林变成了楼群
河道充满了垃圾

可谁
还记得
它们，从前的模样

孔顺茜　女，90后，青海人。现工作于青海贵德县人民法院。诗作入选《青年诗歌年鉴》等选本。

孔顺茜的诗

某家书店

商场被日用百货塞满
东北角，那间冰冷的商铺
是一家书店
阳光下，几摞书毛茸茸地立着
像一件件未被发掘的古董

袜子、草帽、布匹不断被售出
书店的门，敞着
读者是一对父子

许多年前的午后
我和爸爸的周末
在恰卜恰民族商场
记忆里那本厚重的书
我似懂非懂，一读再读

车过戈壁

阳光平铺在沙砾间
时间之外，季节之外，地球之外

每一块石头都在矗立，依偎
狂风汹涌
沉默的高原，呐喊
戈壁不语

列车飞驰而过
一道刺眼的光，从远处划过

黎青河 本名王海磊，男，汉族，1994年8月生于新疆伊犁，现居新疆乌鲁木齐，毕业于吉林大学。供职于国网新疆电力有限公司。

黎青河的诗

吹泡泡

把泡泡吹到野草上，让他们看看
水蒸气的液化，让他们看看
明亮的自己
也应该让他们看看山风
麻雀唤醒的沉睡小镇

泡泡也应该吹到炊烟里，让他们看看
光的折射，让他们看看
蒲公英、鼠曲草与银杏树
也应该让他们看看夕阳
泉水中远去的故乡记忆

山风带起白芦花
泡泡在秋天的柔光里等待蝴蝶
等待找到通往童真的小径

我要开花

我仰着头，屏住呼吸
等待三月的春风带来

戈壁滩上的最后一场大雪
看着白云禁锢在山边

不管命运如何鞭笞
我要在戈壁上积蓄力量
恣意地开出粗粝的花
结成种子，跟随鸟雀游历
去南方的沃土里生根发芽
把故乡的云朵染红

诺布朗杰 藏族，男，1989年出生，甘肃甘南人。舟曲县作家协会主席。写诗，兼写歌词。文学作品散见于《诗刊》《飞天》《翠苑》《特区文学》《诗林》等杂志。著有诗集《蓝经幡》《拾句集》。

诺布朗杰的诗

紫青稞

是风和雨留下的
是太阳留下的
是星星和月亮的夜晚留下的

收藏起来，放在我破旧的诗句里
喂养我
蘸一点墨水，再从诗句里
逼出一个词：紫青稞

是埋在地下生长出来的尸体
任人宰割
放下生活。我想窃取生活之上的
颤抖的使命

坪定村偶得

这是一个惬意的下午——
阳光照着，暖风吹着，时间缓缓流着
树荫下，终于可以安心躺一会儿
这时候，你所拥有的忧郁，也是美丽的

舍不得睡去
那无穷无尽的思考，都是累赘
万物正逼我写诗

宋自天　男，汉族，1991年6月25日出生于甘肃张掖甘州区，现定居于新疆哈密市伊州区，并于哈密市第十三中学任教。闲暇之余以读书、写字为乐。

宋自天的诗

缄默

春天的唢呐
吹出南坡上的一块碑文
丁香花
再没那年的雨后幽香

踏雨，漫步
转过路口，还是路口

看来今晚
我的缄默，比夜晚还晚

高昌王的遗憾

长河之外，落日如王摩诘所说的一样圆
高昌王从来对此都深信不疑
千里碛漠，囿住了他的王冠
也囿住了他心中的湛蓝

或许只有在夕阳余晖将尽时
他才能

抓住汪洋的剪影
可，在须臾间——即逝

黑夜，深埋了他的眼睛
也深埋了他对海的幻想

陶汝豪 汉族，1997年11月生，云南宣威人，现为新疆某报编辑，居于乌鲁木齐。有诗歌发表于《北京文学》《边疆文学》《回族文学》。

陶汝豪的诗

落日

烽火台成为古迹
狼烟冷却成为历史
不用再直直升起
王维的落日从诗中落下
悬于戈壁
奎阿高速穿过戈壁
像另一条长河
往来的车辆如穿行在戈壁中的驼队
一点一点
把王维的落日搬走

安集海大峡谷

在三万年前，海就已死去
在大地上敞开淤积的伤口
风和流水不断侵蚀，触目惊心
像是张伸向天空的巨口

站在土峰之上，如站在刀刃上
不敢俯视，一不小心就是折翅的飞鸟

沙石堆叠，挤着，攘着，塞塞窣窣
风一吹，就向谷底坠去
完成另一次复活，集结成一条缓慢的河流

伤口就越来越大，越来越深

立秋

雨下在立秋
万物静默，头顶之上
已悬起一把铡刀
风每天下压一寸
白云使劲往棉花地中落
玉米不断鼓胀
田鼠开始储备冬粮
胡杨开始分家，叶子准备流浪
万物做好应对

在这个饱满而肃杀的季节
为何我两手空空

徐存虎 笔名浩宇，1990年5月生于甘肃泾川，现居西安。陕西省青年文学协会会员，民刊《风满楼》诗刊副主编，《温度》诗刊编委。诗歌在《扬子江诗刊》《绿风》《延河》《陕西日报》等多家刊物上发表，有诗歌入选《青年诗歌年鉴2017，2019—2020，2021年卷》《2022中国微信诗歌年鉴》等选本。

徐存虎的诗

我们和雪

天空都没有透明的样子
一些风远远地从山谷飘荡而来
这些世界的种子，就那样
随意播撒。这时光多么
简单，她们带我穿越风雪
回到我们和雪发生的故事里
那是多么美好的雪，她们
——盖在我们的头顶，落在你
单薄的背影里，也落在你厚重的
脚印里

天空的一个瞬间

我相信，这是我偶尔的误入
这个黄昏的下午，一片晚霞
已经落入西边的山坳
没有鸟鸣，一些细碎的踩踏声
在零散的叶子上，但是我每一次
都会慢一点，这样可以有足够的
时间，不去打扰她们之间

在落幕一天后的低语
这样我也可以，随意地观赏
天空和自然，这些瞬间可以给我
温暖的美好

杨阿敏 1997年生，现居宁夏石嘴山。宁夏回族自治区作家协会会员。作品见于《诗刊》《延河》《飞天》《朔方》等。曾入选《中国诗歌》2021"新发现"诗歌营。

杨阿敏的诗

贺兰山日落

绿洲绕沙丘
这是我不曾见过的景象
晴空下，贺兰山顶的积雪若隐若现
为赴这一场长河落日的约
我准备了从黎明到黄昏的期待

西夏王朝已经成为历史
贺兰山上的日落还在向前奔跑
天边那正在燃烧的晚霞，穿透时空
一直烧到了我身上

在汽车里追日落

坐在汽车里，追着日落跑
太阳是神明落在人间的磨盘
推推搡搡，就是一个人的一生

父亲已经老去，时间碾碎了他的一切
孩子占据着这些细小之物的绝对比重
成为父亲以后，这个高大的男人便成了

磨盘上的粮食
一身锐气，被生活榨得只剩下些残粒碎渣
我延续着这些残留
在时间的磨盘上来回旋转，不敢停歇
追着时间跑，我希望
我可以跑得过时间

袁丹 女，汉族，2000年7月生于陕西，现居陕西西安。现为安徽师范大学文学院2022级硕士研究生。作品见于《诗刊》《星星诗刊》《诗歌月刊》《延河》《草原》《星火》《青春》《学习强国》《华山文学》等。曾获江南诗歌奖、第三届"文启杯"小说奖、安徽师范大学江南诗赛一等奖等。

袁丹的诗

雨后，河流上无法抹去的背影

东风伸出自己的食指，在河水里来回轻扣
一首虚构的曲子宛若细雨在低空冻结
乌云堪比三万只黑鸟低飞着
企图冲走你来时的痕迹，在这六月的晌午
间或有雨水爬满墙头，爬向我身后的脚步
你不知道的是，雨水也有自己的花期
常在你炙热的背影后面歌唱，接着缓缓展开
其实那晚，雨并不急，有足够的时间举起镜头
去记录你我眼前飘过的云影
你见过那些用格拉丹东熬制出的云吗
它们才是河流上无法抹去的背影

藏在骨子里的雪

浓烟在杂草里等了很久
就是今天了
他不再看生活扭动着一声叹息
舒展眉头
小心将自己停靠在冬天
回过头去，蓝草刚刚盖过房子

白色的花蕊被风击中
装饰一整片草原，在这里
没有阳光会留下承诺

最初，浓烟是从他的斧头里冒出的
燃烧，村子，还有年轻
儿女的一生也被蒸腾
如果雪在来的路上
那就慢慢地
让它藏进骨头里，淹没一座山
比如，他的房子都在陪伴冬天
像花从来没有开过

张彩红 女，2000年1月出生。现就读于兰州文理学院。

张彩红的诗

站在山顶上

捧一抔风
撒向山间
背靠太阳
天空与我相偎
我怀抱着云儿
脚下铺满薄雾

因这儿
雨初停
淅沥声点染着
这片山的空灵

我吻着彩虹
欣赏它的倩影

这美，令我窒息

我为它写诗
传达出它绵密的愁情
我浸于这片山中
这幅甜美的图画里

左右 1988年生于陕西山阳，现居西安。作品见于《人民文学》《人民文学（英文版）》《十月》《诗刊》《花城》等刊，有部分作品被译介到欧美、日韩。曾获珠江国际诗歌节青年诗人奖、紫金·人民文学之星诗歌佳作奖、柳青文学奖、延安文学奖、冰心儿童文学新作奖等奖项，曾参加诗刊社第三十二届青春诗会、鲁迅文学院第四十届中青年作家高研班，入选陕西省百位优秀文学艺术人才计划。

左右的诗

青海湖的马

一匹马在草原上站了很久，与平原一起低着头
马很绅士地吃草，时不时仰起头来看蔚蓝的午空
云朵甩着尾巴，驱赶苍蝇。风吹来，它一动不动
把自己雕成枣红的野景。有人走过，有车驶过
它也不愿意随波而走，或者避让
它在享受这片草地的臣服，欣赏自己在湖畔的倒影

春天的花裙

一个人的村庄就这么简单
有一晨睡眼惺忪的鸡鸣，有一小块遥远的夜空
有晚风偷来的白手帕和一地荒芜的酒瓶

麻雀和灰喜鹊的花园一定养着各种小鱼
蝴蝶一定会在我做梦时，从我唇边飞过

春天的芳心又一次被风吹起，又轻轻落下
河流无声叹息，炊烟安静栖落

门前有一个穿花裙子的女孩，歪着头看我
她的胸前绣着一朵含苞待放的紫玉兰

第五辑
西南地区青年诗人

阿别务机 原名杨峰，男，彝族，生于1995年3月24日，云南丽江人。现居四川凉山，供职于四川省布拖中学。青年诗人，云南省作家协会会员。入围《中国校园文学》第三届全国教师文学笔会。诗作散见于《中国年度诗歌精选》《天天诗历》《青年诗歌年鉴》等刊物及选本。

阿别务机的诗

回答

天空阴沉，灰蒙蒙的雾没有散去
翻开一卷《勒俄特依》
惊人的言语重出时间的舞台
阔别千年，呼吸历史沉淀的厚重辞藻
一个伟大民族的文化气息，就此复苏

我们在沉默阅读的同时
书籍也在回答这一路的芬芳
困倦的梦境翻滚
翻阅历史卷帙的波澜
叶落的声音
簌簌跌落耳畔
这是深夜在回答寂寞的秋天

母亲的锄头

母亲的力气不大
她站在田埂锄草
一根根雪白的发丝露出头巾
在季节的风霜里

她的锄头弯了很多次
父亲帮她锤了锤
像是锤一段弯弯的爱情

太阳的光芒锋利无比
照得母亲直冒汗
捕捉一次爱情的细节
从父亲起身开始
抵达母亲的田角
这一骂骂咧咧的对话中
折射的是父母藏在心头的
多年之爱

超玉李 1984年生，云南姚安老李湾村人。中国作家协会会员。作品见于《人民日报》《民族文学》《作家文摘》《诗刊》《人民文学》《扬子江诗刊》等。

超玉李的诗

白发赋

来年春天，高峰山的白芸豆
死了又活回来

我的灵魂，生来就为取悦
我的灵魂。而我
无法取悦一根白发
变黑，及肉身重回十八岁

口袋荒

下班路过妥甸老街，买一把菜花
头发花白，门牙掉光。卖菜老奶奶说
给纸币吧，挂在脖颈间的二维码
是媳妇的

突然想起爹娘。自从习惯
微信支付。一码走天下
衣袋是空的

从今往后，做个口袋不荒者

衣袋有钱人。我怕愧对
生活在老李湾村的
只会使用老年机的爹娘

在丽江

就这样，坐在束河古镇
在墨竹瓦舍客栈，我们喝着咖啡
享受这慢生活，身体突然软了下来

比起平日，忙于诸类俗事
尘世各种局。坚硬的身体
在这一日，突然软了下来
时光静止，多么曼妙的时刻
多么美好的一日，柔软了的
还有硬如铁块的心，此刻都
水汪汪如露。这一世，这样该多好

胡光贤 男，汉族，1987年12月出生，就职于贵州省盘州市委政策研究室，现居贵州六盘水。中国诗歌学会会员、贵州省作家协会会员、贵州省文艺评论家协会会员，贵州省第五届中青年作家高级研修班学员。有诗歌被收录进《新发展 向未来（朗诵·中学版）》等中小学生辅导教材及《2022中国年度优秀诗歌选》等各种选本。

胡光贤的诗

路上

我一路走着
走了颠颠簸簸的小路
走了平稳宽广的大道
我不再是那个
懵懂的少年
青春正当时
我有自己的梦想
并为之努力拼搏着

兰

静静地
长在大山里
不与谁争艳
不与谁争宠
孤独
让其绽放异彩

胡木 本名胡杰，汉族，1992年10月生于山西朔州。现居四川成都，供职于成都产业投资集团。成都市作家协会会员。有作品见于《草堂》《延河》《滇池》《中国铁路文艺》《散文诗》《鹿鸣》等，有诗入选《2015—2016中国新诗年鉴》等，曾获第七届"双十佳"中国校园诗歌十佳诗人奖、第四届元诗歌奖等。

胡木的诗

迷幻摇滚

决定　摁下　打火机
闭上眼睛　耳边
回想起　扣动扳机的　声音
有些　寒意　但不　绝望
一束火舌　磅礴　热情
唤醒　潮湿的　海水
海水　像　油田一样燃烧
浓烟　击落　迁徙的鸟类
它们　夹杂在　被弹掉的
烟灰里　一同坠落
某天清晨　我拆开　一支烟卷
看到　自己　洁白的　羽毛
在不安地　抽泣
后来　我想起　分别时候
妈妈的　眼泪　也被小心翼翼地
卷进　洁白的　纸面

胡旭 男，汉族，1987年6月出生，供职于四川眉山国投集团。现居四川眉山。作品散见于《精神文明报》《中国电力报》《脊梁》《星星诗刊》《散文诗》《百坡》等报刊，入选《中国年度散文诗》《中国诗歌精选》《四川诗歌年鉴》等选本。

胡旭的诗

闲居有感

琴弦朵朵　花开指尖
百鸟跳跃　蔚蓝挥舞洁白的翅膀

春光潺潺　左顾右盼
春天开始分流　洒下湿漉漉的逆光

红裙子　白裙子　碎花裙子
挑染人间三月雨

漫过来了　每一帧每一秒
慢下来了　突然想

戒掉春天

简敏　女，汉族，1999 年 10 月生于贵州思南。自由职业，现居贵州贵阳。作品散见于《诗选刊》《星星诗刊》《草堂》《绿风》《鹿鸣》《中国校园文学》等刊物。

简敏的诗

探幽

无人照管的寺庙依旧飘摇在深山葳蕤中
被弃置的木鱼、佛坛、云板
自顾自腐朽于人间
余晖短暂停留于一朵栀子花即将枯萎的边缘
柔云在时光催促下俯贴流动的水面
雨水来临，这比祖父年长的山屋
一次次被迫又主动地拆卸自身骨架
归还大地，急骤的风雨
是否也会运用悲悯表情洞悉
悬崖之下，芭茅草匍匐的命运
时光越发消瘦，山中除了这些残破事物
便只剩下几块无字碑
没有亲属前来辨认

栀子令

清晨如白开水般，迷雾氤氲在
季节的高点，最后停歇在玉龙雪山
目光远一些是钢琴键交错的存在
感受弦音、振幅和陌生事物

近一点则是纯白栀子香运动的部分
窗帘外挂满了整树的白
花瓣正下坠，地面开始积雪
我们认真谈论这些轻的、细微的
以此度过平和的一天
从厨房的蒜皮落进我刚写的句子
祖母的老花眼镜过渡到
吸铁石上的针尖
哥哥，其实我们已经提及太多琐碎
应该约定黄昏后出门寻栀子
看它如何使用气味拓染行人衣衫
看它如何为我们诠释
永恒的定义

李涵淞 女，本名李明婵，云南人，汉族，1991年12月4日生，毕业于华北电力大学（北京），现居昆明。获第二届金迪诗歌奖明星奖，入围第二届淬剑诗歌奖"全国十佳女诗人"。作品见于《诗刊》《人民文学（英文版）》《作品》《诗潮》《星星诗刊》《扬子江诗刊》《中国诗歌》《山东文学》《辽河》等文学刊物。作品被收入《中国当代短诗三百首》等选本。

李涵淞的诗

故土

再一次踏上这一片荒地
茅草蔓延上多年前的一截路
像我在这里戛然而止的童年
泥土里有腐烂的书页，石头房上是
二十年开口不变的坛子
它朝向的地方日渐荒芜

那条河仍在突兀地流淌着，石苔
是它全身的力气
为那离去的人家做挽留
再没有活着的事物了，再没有
可以倾听的风

我的梦想烂在泥土里
我的人出走故土
我这偶然的踏入，像极了一个问路的人
我口渴、饥饿的这一瞬
和九十年代重叠

春衰

夏天来了，也许要换掉一些事物
所有人都在抱怨热，逐渐枯败的繁花也是
这里的女人们不愿意离开
像一只只聒噪的蝉，振动她们的小腹
每一缕阳光都直射入体
杀死一些细胞，变成另外一些细胞
静止的，风把颓败吹散了
运动的，风督促快一点，再快一点
否则会因为中暑死在残花下
夏天来了，有些事物将不复存在
蛰伏的都露出泥土，地下有无数个空洞
我们都在老老实实地晒太阳
接受一次次毫不留情的灭菌

刘崇周 1999年1月生于四川成都。现居四川成都。曾在《青年文学》《诗刊》《诗潮》《草堂》《江南诗》《诗歌月刊》等刊物上发表组诗。发起举办河南省南木文学奖（2020）。参加鲁迅文学院四川作家创作培训班（2023）。曾获《剑南文学》2023年四川青年作家"文曲星奖"、第七届骆宾王青年文艺奖（2023）。

刘崇周的诗

大海，一个人的独白

散步经过干枯的水库
风吹过书页，翻过年轻的装束

我们不再动辄将宏大的事物挂在嘴边
譬如流动的日历，簇拥青绿的草丛
拔掉那尖端白发，尾部还是乌黑

"你怎么还在追忆过去"一只
肥硕的蜜蜂通信，迫使我锚定确定的可能性

昨日杯中摇晃的咖啡
那一声跳下桌子的杯子的摔打声
将吵闹隔绝，现场一幅海浪沙滩油画
安静、零散地躺着

他读了一本有关大海的书
一个午后，下飞机，疯狂地跑向大海
到了海岸线又直直愣住，像个小孩

龙华 男，彝族，1985年出生，贵州纳雍人。纳雍县春晖使者，主任编辑，中国音乐著作权协会会员。现任职于贵州省毕节日报社。有文学、音乐作品见于《贵州日报》《青年歌声》《民族音乐》《澳门晚报》等，有作品入选《纯真的诗——2022年度中国儿童诗精选》等，曾获第七届全国新农村文艺展演暨第二届全国乡土诗歌大奖赛新秀奖等。

龙华的诗

洋芋

洋芋花开的时候
我已经坐上了离开家乡的大巴
路边卖洋芋的老人
被司机一个转弯
就丢在了梦里头

再后来
偶尔出现在贵阳写字楼下的
叫卖声
让我探出头去问
是不是正宗的威宁洋芋
老板说，假一赔十

可我买了整整一袋回家
吃到最后一个
也没有找到那熟悉的味道

我没有去找老板理论
因为我知道
变的应该是我
而不是洋芋

龙书丞 男，穿青人，1997年出生于贵州纳雍，现居贵阳。现供职于成都铁路局。中国诗歌学会会员，中国铁路作家协会会员，毕节市作家协会会员。作品散见于《中国青年报》《中国铁路文艺》《滇池》《浙江诗人》《仙女湖》等刊物，作品入选多种选本。

龙书丞的诗

我们都很沉默

我们沉默得像临岸的白鹭。在这里
油菜花拒绝羊群的来访，向上摸索的村庄
被拉得低矮。从远处游来的一条鱼，它的喉腔
藏匿了所有离开的秘密

本就如此：已然给予我们所能够捕捉到的具象
在面对没有渡口的时间。我见过那条鱼
给的答案，它让我暂停，暂停一切远离的理由

那天我默不作声，看油菜花，看低矮的村庄
看白鹭跃过水面又落脚，看一轮日落
重新定义：离开和乡愁

纳雍河随想

不能妄想掉转船头，要以误入者的姿态打开
一条河的距离

还有多少鸟鸣在等待？渔家撒下的网是我
最完美的谎言。抵达河谷的时候，我放下所有

包括一场在冬天没有到来的雪,这样的释怀
足以让我遗忘在黑夜被指认的事

是白鹭,我看见它试图叫醒河岸沉睡的砖瓦房
此刻,我按不下快门,故人。船体早已锈迹斑斑
一些抵达现场的目击者,谈论着:如何同一条河
索要离开的理由

米吉相 汉族，男，1993年10月生于云南昆明，毕业于昭通学院，现就职于会泽县第四中学。作品曾刊于《诗刊》《星星诗刊》《边疆文学》《滇池》《中国校园文学》《散文诗》等刊物。

米吉相的诗

秋菊

秋日，阳光舒朗，云色没有成团
天空的蓝与万物的绿相映衬
整个秋日不再萧索与孤独
秋菊已开，那些扁平的花蕊
在绿色中凸现出来，黄色在枝叶间
独占鳌头，美丽是此刻的代名词
万物幽闭，所有衰败被呈现出来
我们辅之以孤独与哀伤
悲伤从心底涌上来，从我的视野不断变大
眼前之景突破秋菊，突破山川
万物归于沉寂时，美丽属于万物的无声无息
舒朗的蓝空，云色再次被驱散
万里晴空里总是一览无余
冷傲，永远向阳而生
被装饰的绿像被装饰的白一样纯洁
在风中摇曳，雨中仍旧不改颜色
所有的颜色都属于这个城市的代名词
花开永远慈悲，温暖着每个行走的人

南华音 本名周恩雨，女，汉族，1993年3月生，现居重庆大足。重庆青年诗人，译者。就职于重庆市大足区文学艺术界联合会。重庆市文艺评论家协会会员，重庆市大足历史文化研究会会员，重庆市大足区作家协会会员。曾获第五届、第六届"人民中国杯"日语国际翻译大赛二、三等奖，辽宁省首届翻译大赛、第三届黑龙江省翻译大赛、第二届"沪江杯"科技翻译大赛优秀奖，作品入围首届重庆诗刊青年诗歌奖。

南华音的诗

秋色渲染

枯叶从树梢一跃而下
在地衣上，行走出
另外一种离别与重逢
它没有回首
只是静待轮回的秋归

这肇始地铺呈
让时节的路
从树底连根拔起
又渐次连接上了
另外一棵树

等待

数着星星那
凝神盼归的眸子
赶路的尘土一喧嚣
它便受惊般
跌入了孤寂夜色下
路灯的眼眶

钱尘 原名钱勇力，男，哈尼族，1998年4月生，云南红河人。诗歌爱好者，毕业于云南财经大学。现供职于共青团红河县委。中国少数民族作家学会会员，中国诗歌学会会员，四川省散文诗学会会员。作品散见于《散文诗世界》《红河日报》等，作品入选《2022中国年度诗歌排行榜》《2022中国年度优秀诗歌选》《齐鲁文学·中国诗歌2022年度精品选集》《当代诗歌2023年精选》。著有个人诗集《仟叶谦逊诗集》。

钱尘的诗

沉默与喧哗

在喧嚣的世界里，我想
做一个沉默的人
在沉默的年代里，我想
做一个喧哗的人
这样选择
并不是为了表现得多么异类
或是显得多么与众不同
而是因为，智者
在沉默的年代里并不沉默
在喧嚣的世界里并不喧哗……

孙倩颖 女，汉族，1996年5月出生于贵州平坝，白俄罗斯国立大学硕士在读。国际华文作家协会会员，中国诗歌学会会员，贵州省作家协会会员，贵州省诗人协会理事、副秘书长，《萧乡文学》杂志社副社长。作品散见于《青年文学家》《鸭绿江》《小说月刊》《文学教育》《贵州日报》等报刊。

孙倩颖的诗

被隔出窗外的阳

今日，难得的晴天
白色的云铺满画卷
阳，挤在窗户的边界
硬塞入端坐窗内桌前的我

被拨动着、咆哮着
窗户的作用是过滤温度

部分渗入身体
或穿个对穿
或混入血液
进一步冷却

遇见风

远处白深深的云
向我奔来
带着青涩与腼腆

风迎面而来

带来朝阳
我们在一片无垠中遇见

于是我也奔去
一头扎进
赴秋日的宴请

孙珊珊 女，回族，1999年3月生，贵州贞丰人，现为贞丰县人民政府政务服务中心工作人员。系第一届、第二届黔南州作家改稿班学员，贞丰县作家协会会员。有作品在《诗词》《贵州作家》《夜郎文学》《诗探索》《云上涟江》《百科校园》等期刊及平台上发表；有作品入选《青年诗歌年鉴（2022年卷）》，获贵州惠水县第一届大学生"诗歌联谊大赛"三等奖。

孙珊珊的诗

艺术

尽掘灵魂深处之美之难解事物
毕露于世之载体
冠名为艺术

距离

尽管我们的身躯挨得很近
但思想领域仿佛还是彼此的禁区
我们并不了解对方，甚至自己
头脑像个加工厂
利己的想象欺骗了太多
很多时候
我们并没有想象中的善良
我们的眼睛在逐渐暴露的现实面前致盲
请你记住
当我想尽力向你展示我的优异、美丽时
或许这些美好的反义词正像蚊虫一样叮咬我的背

肖柴胡 男，汉族，2001年生，常用笔名萧子，四川农业大学在读。雅安市作家协会会员，鲁迅文学院四川作家班学员。作品见于《草原》《诗刊》《星星诗刊》《诗选刊》《飞天》《诗歌月刊》等刊物，曾获第四十届武汉大学樱花诗歌奖、第十届中国（海宁）徐志摩微诗大赛大学生组铜奖等奖项。

肖柴胡的诗

新桥

倚靠办公桌，向你演示浮标的动作
斑竹做的渔竿最大钓到三条手指粗的鲫鱼
偶尔也钓到过黄鳝，脱落的瞬间
整个石板复刻下母亲弯折的影子
我所惧怕的线条也是这般黑色的
勾线时，建议你别用黑色
它们一扭动，就可以缠住你失重的指尖
打错的字，拼音，近体，都会浮出水面
仔细看，这些缺口，正是溢出来的
鳄鱼的牙齿，困在墨镜周身
世界有黑有白。你说灰色？噢
介于大米和破瓦之间的灰色
也倒腾过几次雨水的翅膀
发霉的种子体内蓄积着湖泊
你甚至可以看见滩涂，以及芦苇
在整张白纸上面挣扎

嘉陵江之夜

有多久没有注视你了，嘉陵江

那段日子我常坐在巨大的石头上想你
想念你周身摇荡的夜色
想念你把渔船高高举起
奶奶和我站在码头
她将双手放在身后——深知时间不可抵挡
但不明白，怎么就匆忙嫁出去了一生
孙子怎么又吵闹着，要站在这里
看船，江面上的灯光越来越年轻

但是嘉陵江，你知道吗？那以后
我反复站在这里，流水并不与我相认
也不再对我温柔，那些被我舍弃的石头
正一块又一块重叠在奶奶的身体上
它们有了一个新的名字，叫坟

徐毅 男，2003年11月生于重庆。现为重庆工商大学2023级学生。中国地质作家协会会员，中国诗歌学会会员，重庆市作家协会会员。6岁习诗，9岁在《诗刊》头条发组诗，12岁在《人民文学》发表诗。作品见于《人民文学》《诗刊》《中国作家》《中国青年报》等。"语文报杯"全国十佳文学少年、"雨花杯"全国十佳文学少年。出版诗集《雨是伤心的云》。

徐毅的诗

前瞻花

花瓶里零落的花
仿若从不被应许
宏大叙事的自由

所有观者强加自己的主观
和那漫散的情绪
以欣赏剥削花的价值
定义它的完美品格

这即是没有张嘴的代价
这即是沉默　枯萎　直至消亡
预演千年不变　万古不变的
自我轮回
诠释花一生的客体陪衬
绽放设定好的归演果实

前瞻的代价
它本可以更好地拥怀自己的一方世界
像清明逝去的花朵一样
却没那么安心埋葬于

希望的未知田野

麻雀

悄然
在夏日复苏之风吹动枝头的时候
枯枝与败叶
筑起生命之巢

双手打开无限延展的天窗
从暖阳的怀抱中解放出来
枝头上的麻雀是跃动的精灵
他们歌声徜徉
温情而洪亮

小小的生命有向往自由的灵魂
风中雨中最终回归家的屋檐下
轮转的四季　常青的古木
都与他们有关　也与我们息息相关

生命是一条静静流淌的长河
麻雀是生命的种子
是平凡日子的森林之子
它唤醒了清晨
带来了希望

余芳 苗族，生于1984年1月，贵州三都人，现供职于中共三都水族自治县委巡察工作领导小组办公室。作品散见于《中国文艺家》《贵州作家》《黔南日报》《夜郎文学》等，有诗歌收录于《青年诗歌年鉴（2022年卷）》《21世纪贵州诗歌档案（2018年卷）》《21世纪贵州诗歌档案（2019卷）》。

余芳的诗

术后第一天

二十六小时不进食
只为一台手术
饿到逛淘宝望梅止渴的地步
氧气瓶插管里的气体缓缓进入鼻孔
心率时快时慢
舒张压时高时低
还有几个跳动的数字在嘀嘀嗒嗒舞动着
这，是生命与时间的大戏
我，是台下看戏的人

她们，在午后的芦笙场唱歌

是的，又是一个干完活的午后

牛圈的牛崽正悠闲地啃着青草
寨上寨脚，弥漫着各家炒菜做饭的香味
此刻，寨子里才多了几分烟火气

大娘们人手一个针线篓
步伐轻盈地朝芦笙场上走

竹林下，有纳鞋底的，有绣衣服绣片的
有聊着自家快要大学毕业的儿子女儿的

每次路过，都能听到她们兴起时的歌声
有水族的调子，也有苗族的节奏
在飞针引线中响彻云霄

越子诚 本名冉晋明，男，汉族，出生于2002年，云南艺术学院在读，现居云南昆明。作品散见于《星星诗刊》《青春》《中国青年报》《微型小说选刊》等。

越子诚的诗

一楼的旋转门

它昼夜不息地转着。

清晨，一些人消失在旋转的光影中，于是又在夜晚颓唐地再现——

共事的友人们，他们是否还是同一个人？屏幕的蓝光覆盖在脸上，会否成了一副不可揭下的面具？在彻底明亮的工位上，这些都是冗余的遐想。

旋转。同样旋转的还有脚下这深沉的土地，除此地之外，仍有七颗行星同样在保持转动。而旋转门是一种计时方式，进入时是一天的伊始，离去时便是一天谢幕。

所以恒星是否在乎周遭星球的谄媚，在年复一年的旋转间，宇宙仍是空荡荡的暗室，或许它也在等候一扇门。

在银河的尽头，有一扇门孑然地旋转着，可能不需要在银河，若是将工位的灯尽数熄灭，寰宇深处仍泛着光的，那是安全出口。

四楼的工位

工位旁的落地窗缄默不语，而我则等待着，月色逃进这连片的工位。

面前的字符流转着,耳边时而响起有节奏的敲打声,于是我又在想朝阳区的音乐会了,套票或者一顿晚饭,在耕耘键盘之前,这双手最常弹奏钢琴。

　　我坐在工位上,一切仿佛都在下沉,从四楼到了车库,抽烟的中年人正摇上车窗。又从车库沉到了操场,白衫的少年磨碎了梦,以绘制一张简历。最后从操场沉到了餐桌,母亲放下了我的书包,问我今天在学校学到了什么。

　　那些都是陌生的回答,我和过往背道而驰。即使那是一片泥沼,我也仍旧往下沉着,我想去往儿时的某个隐喻,去往无影灯下的病床,去往万物的至深处,但最终我却倏尔失重,跌坐回了工位上。

　　是的,四楼的工位,同样的地方,父亲也曾经一样,赚好了我足够维持半生的食粮。

张城俊 男，生于1992年，汉族，贵州遵义人。管理学硕士研究生，高级工程师、经济师，遵义市首届阅读推广人、2021年全国向上向善好青年提名，中国散文学会会员、中国诗歌学会会员、遵义市作家协会会员等。作品散见各类期刊及网站等，有作品入选《21世纪贵州诗歌档案 90后诗选》《青年诗歌年鉴（2018年卷）》《青年诗歌年鉴（2022年卷）》等多部文集、诗集，偶有获奖。

张城俊的诗

毛衣

一件母亲的毛衣
细小的袖口，堵着粗放的收针
像在心口，托起一盏油灯

没有火，却足够热
没有灯芯，却足够燃起破碎的旧语

抵达我的喉咙。外乡的窗户
一场润雨，漫过了心田

张容卿 女，汉族，1999年6月出生。云南省作家协会会员。现为云南大学比较文学和世界文学专业2022级硕士研究生。7岁起开始在《小学生拼音报》《故事作文》《简妙作文》《快乐童话》《边疆文学》《滇池》《中国研究生》《春城晚报》《北极光》等报刊上发表作品；有诗和童话入选多个选本；文学作品获各级各类奖项二十余次。

张容卿的诗

我总是不敢为你写点什么

外婆
我总是不敢为你写点什么
怕一提笔就显得轻浮
我原以为你的生命
比百年古树还顽强
只要没有被人砍倒就能永远屹立
但我忘了
你是风中的烛火和瓦片上的霜
气息悬于银丝
一旦丝线悄然断裂
咸苦的海水就隐形地淹没

我们变成离岸的老鱼和小鱼
两鳃凹陷眼泡肿起
赖在不合适的介质里
名为哮喘的魔鬼让我怨恨小时的自己
干疼的气管与永远无法充盈的肺
名为脑梗的死神让我怨恨你
床边的黄色尿袋
床头嘀嘀作响的监视器

从鼻孔里输入的营养液

以及大张着的嘴、粉色的舌苔和不肯放弃的氧气

但我能在你的指引和呵护下

慢慢找到归海的方向

只是我无法用万分之一的努力

让你找到归家的路

而不是安详地躺在假花铺成的海里

在火光中变成灰白的粉末

最好

大提琴　小提琴

悠扬的流水

渲染高贵的氛围

描画华丽的忧伤

是最好的

架子鼓　非洲鼓

大小豆子蹦跶

强弱分明　把控节奏

如同心脏整齐律动

是最好的

宽大骨架呵护黑白琴键

低低私语牵扯平滑的线

没有巨大的波澜起伏

最朴实的叙述手法

是最好的

不同乐器之声在一首作品中

拼凑　矛盾　协调　共生

锻造佳音
是最好的

张伟锋 1986年生,佤族,云南临沧人。现供职于云南省文联,居昆明。中国作家协会会员,鲁迅文学院第三十七届高研班学员。有大量作品在《人民文学》《诗刊》《民族文学》《北京文学》等重要文学报刊上发表,入选多种年度选本。荣获中国刘伯温诗歌奖、云南文学艺术奖、《北京文学》奖、云南年度优秀作品奖、滇西文学奖等多个奖项。著有诗集《风吹过原野》《迁徙之辞》《山水引》《空山寂》《远行的河床》《月亮下的佤山》等多部。

张伟锋的诗

樱花之寂

一年一年,看着它们长高长大
终于,打包、盛开。又一年一年
看着它们败落。多年如一日
我看它们的位置,始终在青龙亭

时光在反复叠加,它们静默不语
陪伴着岩石上的寺庙
度了无数人,有人看破红尘
有人淡然离开,有人祥和地住进土里

落日投射下来的冬天
我斜靠着一棵个头不小的樱花树
我知道,它此刻仍在生长
我读了三遍经书,但都没有读进心里

早安,佤山

早晨的佤山,到处是生活里的人潮涌动
一个年轻的妈妈,背着年幼的孩子出门
她小心翼翼地并不熟练地驾驶着电力车

早安，佤山。无论美不美好，无论苦不苦闷
所有的人，都已经在生活之中，像天空在高处
大地在低处一样，无法抗拒

佤山飞瀑

佤山的飞瀑有三次落水
一次宽，一次深，一次高
但，无论怎样，都是垂落
都是向下
这真像，一个人登临山顶
一个人下至谷底。除了水
还是水本身。除了你
还是你自己

周焱　男，汉族，1987年11月生于四川平昌，现居重庆。2009年毕业于西南大学。任职于某民营企业。诗歌作品散见于《星星诗刊》《诗潮》《新诗选》《雨露风》《世界诗歌》《国际诗坛》《重庆诗刊》等刊，入选《海内外华语诗人自选诗》《中国地学诗歌双年选》等选本。获第四届博鳌国际诗歌奖"年度新锐奖"（2021年）、首届重庆诗刊青年诗歌奖"提名奖"（2022年）等奖项。有作品被翻译为英、德、韩、日、荷等文字。著有诗集《袜子与武器》。

周焱的诗

羊王

自从读了祖上饱受欺凌的历史
羊国国王就决定建一座
专门放猎狼的乐园
只需一羊币
就可以在园内
随意猎杀各种肤色的狼
狼很快就灭绝了
一个专门的科研小组
一个全自动化的生物工厂
随即诞生
一批批各式造型的狼
被制造出来
只要是羊国公民
就可以免费领养一只
条件是签署协议
每日鞭打
不少于三十

子牧 本名杨松，生于1983年10月，土家族，贵州沿河人。贵州省诗人协会会员。作品散见于《贵州诗人》《西部作家》《中国乡村》《凉都诗刊》《现代爱情诗刊》《文化乌江》《安徽诗歌》《青春诗刊》等书刊和网络平台。

子牧的诗

过客

行走在涌动的人群中
和那些步履急促的人擦肩而过
生风的脚下，走出的是
城市的节奏

我试着迈起同他们一样的步伐
走过几条街，并没有了方向
原来，习惯了乡土脚步的我
走不出都市的模样
这里的繁华，于我而言
只是一个过客

不起眼的街角，坐在扁担上的人
从泥土里走来的西瓜和莲子
让我倍感亲切
从他们的身体里，总能找到一些
熟悉的味道

霓虹灯倒映出来的暮色，拉伸建筑
入云的高度

那一刻，终于明白，我与
这座城市的距离，永远只停留在
一个抬头间

像云朵一样自由

从来不把委屈留于表面
喜欢用自由在蓝色的镜子里，编织梦幻
对于外界的评价，无耳可听

春天的路口，最适合放任自己
和风筝做伴，从镂空的虚妄中
寻找一缕阳光，或是
几句简单的恭维

那就虚构一场想象
倒空无法触摸的真实，去制造
一场人间风暴，或是
从柔情中抽出一丝浪漫的细雨
养一片勃勃生机

抛弃心中的所有杂念，把纯洁交给
无边旷宇，从四季出发
带着故乡，奔赴风云变幻

邹弗 原名邹林超，男，仡佬族，1996年8月生于黔北，现居贵阳。吉林大学文学硕士，贵州省作家协会会员，写小说、诗，兼诗评论。作品及评论见于《当代》《山花》《诗刊》《十月》《扬子江诗刊》《滇池》《牡丹》等，入选多个选本，曾获青春文学奖、樱花诗歌奖、东荡子诗歌奖、四川省少数民族艺术节诗歌奖、全球华语大学生短诗大赛奖等。

邹弗的诗

西南尽头

入夜之后，矮树丛渐次醒来
小兽晃动的影子犹如剧场
草在风中高举着各自的酒杯

土粒跳动林间，寻找古老的权杖
陡斜的山路记载了神降临的汛期
带着雨，跌入这个拥挤的人世

有时候，连语言也被忘记——
我们之间的山川是一座祭坛
河流干涸引发了对祖先真实性的怀疑

人们一辈子也没有出过西南
傩神有时被按在板上严肃性地屠宰
又在被分食的桌上荒诞性地醒来

三代人

我与父亲手捧着祖父穿过大片山地
——笨重的祖父如今很轻

在我们手上晃荡荡，一阵风
就能将他这一生的努力
吹得不再成形。我与父亲沉默不语
他对我过于失望
而我比他想象中的更为叛逆
我们越走越慢，越远
这多像是一场毫无意义的迁徙
托着祖父的父亲开始吃力
他的背部又重又模糊
仿佛充满了水汽，或者其他
我走在父亲后面
跟着他，一步步过沼泽
我踩着他那木梯一样摇摆不定的影子

在西南

很多人一出生就老了，很多老人
越活越像婴儿。西南的光照与月色
喂饱了洼地里牛马弯曲的蹄印
人们从出生到死亡，没想过要出去
像那些生命短暂的动物，终其一生
都蜗居在这一小片蝉虫飞跃之地
他们生来如梦，梦醒如归
归去了，就是重活一次。我们
不谈及死亡，因为没人真正死去
有时，我从外面回到西南老家
看到爷爷、二公、三公，看到
那些因为洪水、挖煤或者从悬崖
失足而归去的亲人，现在
重新回来，坐在我必经的田埂上

第六辑
中南地区青年诗人

北潇 本名任爱琼，女，汉族，1998年生于屈原故里湖北宜昌。现工作于湖北宜昌三峡旅游环坝集团。第三十九届青春诗会诗人。作品见于《诗刊》《诗歌月刊》《汉诗》《三峡文学》等。著有诗集《寂静成形》。

北潇的诗

长江边听雨

天柱山、文佛寺、三峡人家、长坂坡
大地生根，群山连绵苍翠
有人托举峰峦游走他乡
有人携手湖中的明月，站成一座孤岛

远处，一位江郎才尽的先生告别他的时代
他指着这滚滚红尘，学会了占卜

我想起

我想起寂静夜里
为我掌灯的人
走过石桥　小径
在不远处的黑雾里　摇摇晃晃
像传送信号　警惕我的生命

我想起择日　有种东西就要返回我的体内
当更多的绿色铺盖大地的时候
更多的纯净物　升上天空

萧逸帆 本名陈智鹏，男，湖南娄底人，汉族，生于1992年11月17日。诗人、译者、英语老师、主编。翻译硕士，中国翻译协会会员，中诗网签约作家，于湖南省诗歌学会开设诗歌翻译专栏，翻译诗集多部。诗歌作品入选权威年度选本，获第五届广西网络文学大赛诗歌奖、第二届雁翼诗歌奖、中国诗歌网"中国十大校园诗人奖"等多个文学奖项。

萧逸帆的诗

墓碑

今早死去的麻雀
有一片树叶覆盖
露水沾湿了它的羽毛
整个森林为之哀悼
在我心里竖起一块墓碑
千千万万个坟墓
都由一双大手料理
一只蝴蝶折断翅膀
一条毛毛虫跌落树梢
一朵花委顿于地
悄无声息
今早，阳光耀眼
照暖了全身
世界已悄然改变
我也不是昨天的我
我心里的墓碑又多了一块
为昨天的太阳
刻上永恒的霞光

常欢欢 原名容淇茵,广东中山人,16岁,就读于中山市中等专业学校。中山市作家协会会员,中山市诗歌学会会员,雏菊诗社社员。

常欢欢的诗

写给马老师五十岁生日

怎么会老呢
十八岁的心态储满了
春的暖意
紧锁的眉头下
装着属于自己的独角戏
一片萧条的雪花
被他小心地埋入土中
来年漫野的花
开在堆满皱纹的额上
他深邃的眼神
藏着星辰流动的声响
此时,笔尖收敛
浅饮余生。豢养几只龟及
一片小竹林

夜湖

无名的人
圈养了一池轻狂
有棱角的水纹

把念想装进褶皱

从冰山山顶滑下

安静的水

包裹着路边的太阳

波光粼粼

承载着锋利的光辉

黑色的瞳孔

也照进一篮子光

李奕莹 女，汉族，广西师范大学汉语言文学专业，爱好读书，散步，养花，写小说。

李奕莹的诗

倒立于夜空

那一晚的夜空
让我眩晕，我记得
夜空像一幅名画
也许，和西方的神话、战争有关
是古朴名画自然断裂的小小边角
又像是遥远星际与沙丘的结合
让人想踏足其中
我为夜空，长久驻足
抬头仰望
所有压力似乎都已消失不见
感觉身体在变轻
周围的重力在改变
飘浮着，无限接近夜空
好似倒立于夜空之中
身下踩着的，是天上云
云有朦胧的黄色
黄沙与铄金
飘浮于其间
又刮在我的脸庞上
那如梦似幻的星系沙丘

让我目眩神迷
短暂忘却了现实
我想，我感到了幸福
那倒立于夜空的幸福

罗茜茜 女，广西师范大学文学院汉语言文学专业，篮球运动爱好者，音乐节狂热分子，业余调酒师，业余桂学研究者，资深电瓶车骑手。

罗茜茜的诗

晴朗得令人心悸的夜晚

我喝完酒，来到冰冷的阳台漱口
一簇星星在天上
这是个晴朗得令人心悸的夜晚
这一簇星星外，北斗星在檐角的附近
有一个舍友也没睡，我唤她一同来看看
她推说视力不好，但还是来到了阳台
我们一同，在寂静的夜晚，无声地惊叹
这是个晴朗得令人心悸的夜晚
好久好久，在夏天之后，乡郊之外，星星清澈得如放置在潭水里
我真切地用眼睛看到了

蒋秀玲 女,广西师范大学汉语言文学专业,爱好篮球、足球等运动,追星女孩,喜欢看动漫、小说。

蒋秀玲的诗

夏

我伸出手
感受
夕阳在我的掌心停留
晚风从我的指缝穿透
鸣蝉于我的指尖弹奏

我收回手
恳求
但今夏已悄悄溜走

黄海 2008年出生，蒙古族，海口中学学生。中诗网签约驻站作家，海南省作家协会会员，中国诗歌学会会员，华语诗学会会员。有500余篇（首）诗文发表于国内报刊。入选《中国散文诗选》等数十个选本。获《诗刊》全国征文铜奖、中国"东丽杯"梁斌小说奖、上海儿童文学原创征文学生组一等奖等多个奖项。《海华都市报》连载其长篇《我是猫》《慕辰游》。

黄海的诗

流传的纪念

五个人点亮五盏灯
端午的夜色朦胧
千秋的纪念不断流传
一直坚持到花谢
纪念流传下来，看似远在天边
在一片祖先的迷雾中
只有翱翔的雄鹰才能看见

端午的习俗还未休眠
人们的生活已经变得更加熟练
赢得现在的金钱
到达绵延的琴弦
长久的光明在流淌
吟诵着失望与悲伤
看出祖先对未来的向往
只不过时间太匆忙

蒋双超 1987年生于湖南，现居深圳。作品见于《诗刊》《星星诗刊》《诗选刊》《绿风》《散文诗》《诗林》《香港文学》等报刊。曾获2019年冰心儿童文学奖、第五十届香港青年文学奖、第三届小十月文学奖等。

蒋双超的诗

我总想将星星放入杯中

原谅我的自私、自大、自作多情
我总觉得，这星空是为我璀璨耀眼着

放声大笑在夜晚不合时宜，唯有仰头
显得颇具深度，像一个做作的诗人
或是参不透的哲学家

所以我倒上一杯水，放入去岁的茶叶
佐以尚未凝结的霜华，等待星星主动入瓮
它们的洁净和婴儿的瞳仁一般
常常令我羞愧

安息吧，猫头鹰在林间祈祷
为秋日里死去的每一个本应活着的人
我抿着一口冰凉的水
如同含住了整个夜空，不舍下咽

棵子 原名冯有森，男，汉族，1983年10月出生，广东化州人。现居广东化州。作品散见于《江南》《作品》《小说林》《中国校园文学》《宝安文学》等刊物。曾获2021深圳"睦邻文学奖"。已出版长篇小说《观音土》。

棵子的诗

白发女人

如果用"雪"来形容
未免过于寒冷
如果用"愁"来形容
未免过于夸张
这不过是时间的流逝
留下来的痕迹
一种类似于河床的见证

时间之吻

时间是什么

是流水吗
是花开花落吗

在有时间之前
时间在哪里

时间就是时间本身
时间属于自己的名称

李灿标 00后,广东汕头人,现就读于广州华商学院汉语言文学专业。作品见于《诗刊》《星星诗刊》《草原》《延河》《青春》《诗词》《散文诗》《天池小小说》《小小说月刊》等,曾获第六届"零零国际诗歌奖"、首届江南诗歌奖。

李灿标的诗

空山赋

群山只剩下一座,立于东村头边
红蛋黄在河中破碎,将他佝偻的身体
挪入水的册页。手中缺了角的拐杖
是写书人落错的那笔,如同扭曲的破折号
把每走一步需要的时间,不断拉长
刻满沟壑的脸,是被调皮的鱼儿
揉皱的封面。他的体内不再漏出
峡谷间的风声,嘴里的钟乳石也已掉光
两瓣裂唇,像堵住洞口的巨岩般紧闭着
在此刻,安静成尾句的副词
作为村庄与河流的修饰。水面闪过
几只白鹭的身影,他伸出手来
却扑了个空,仿佛与年少的自己
失之交臂

丢失的季节

落叶回旋,仿佛春天脱下的旧衣
在寻找一个丢失的季节。枝上深蓝的争吵
孵出翅膀,布谷鸟用力向远方

喊出自己的名字。一声声凄美的故事
被收回，刺进尚未发育的梦里

羊也会数我，在深夜的腹腔
摸索着。矛盾密布的手越长越薄
压住肺叶的底端，把潮水往叶尖托起
挂在崖口无处安放。这片情感的海域太辽阔
指间析出的水位就足够将我打翻，沉没
思念的片段从海平面跃起，又潜入
总是如此突然。这群不受控制的意象
仿佛倒挂的旋涡，吐尽最后一滴海鸥的回音

挽留远走的船帆布，只需要用几颗
生锈的钉子，把桅杆上即将坠落的影子
和随风飘摇的春色一同
钉回我体内

李天奇 2002年生于河南安阳，《作品》杂志评刊员。作品见于《青年文摘》《当代》《诗刊》《星星诗刊》《星火》《草原》《飞天》《草堂》《南方文学》等刊，多次获征文奖。

李天奇的诗

石像

石像姓甚名谁，多年，已
无法分辨
只知它人形模样
在巷口像古寺的钟

孩子们常结伴攀爬，以翻山的意志
在时间里越岭
曾经，我也是
这样度过。石像南侧的鼓楼上，常有
盘旋的候鸟，他们翻越长江，然后
停在北方的天空

我翻开日记，像翻阅
一本琥珀色的简介，上面记录生辰
和石像死去的青春

走在黄昏中

拍拍油裤腿，接着就向家走
返程前，首先需要摘些狗尾草

母亲最喜欢将它们编织成串，然后捏成
云朵和囡囡的玩具
囡囡是姐的孩子，叫我娘舅。一会儿
我就要去小卖部买袋牛奶
厂里的牧场
是内蒙古最幽静的地方
张二叔
曾在这里放羊，现在他变成小土包
只有黄昏时我才会想起。想起油井深处
羊群失去的土地和粮食，那年
我曾庄严地在日记本写下，继承油井
和油井人的梦想

李鑫 男，80后，云南镇雄人，中国作家协会会员。作品见于《人民文学》《诗刊》《花城》《芙蓉》《山花》《长江文艺》等多种期刊，作品入选多种选本。出版诗集《万物的用意》。

李鑫的诗

冬日

有人不见了
有人因为寒冷低下头颅
数十只麻雀在泡桐上
重新赋予人们听力

枯干的茄子和辣椒
挂在田地里，获得了自然的
终极秘密

漫山遍野的千里光
为人们的每一次遗忘，撑开白色小伞
伞下是失踪的星星

这个冬日有三种事物的光
太阳、千里光和我
除了我，它们都是冷的

终于等到这一刻
所有的麻雀和千里光都飞起来了
我重新听见了

失去的声音

木门闩

我写下这个词的时候，故乡的木屋子已经
荒废，红漆的门闩褪得棕黑，大量的褶皱和
裂痕。它已经被打磨得越来越小了
其实已经不足以严肃地把门闩紧
其实仅仅是一种关闭，或者仅仅是
维持着一个家的含义
仅仅是有一个门闩，里面就有了封闭的
饭菜、烟火、声音和行为
有了一种小小的边界，隔着外面的山水
我凝视着这个词的时候
门闩跟着老屋一起摇晃、变形、松动
我几乎已无法看清
他们苍老得让人落泪
而此刻母亲站在院门口，门闩一样越来越小
她在那里一动不动的时候
似乎耗尽所有的时光和力气，去闩紧一扇
无形的门
夏日的暴雨正往她身上狠狠砸去

李泽慧 女，汉族，2007年10月8日生于广州，就读于广州市第二中学，系广州市作家协会会员。累计发表作品300余篇，见于《诗刊》《星星·散文诗》《诗歌月刊》《诗潮》《绿风》《中国校园文学》《美文》《中国青年作家报》《全国优秀作文选》等报刊。作品入选《中国网络诗歌20年大系》《中国当代诗歌年鉴（2020）》《2021年度中国儿童诗歌精选》等选本。获首届"中国校园文学奖"现场总决赛一等奖、2019年粤港澳大湾区小学生诗歌季现场总决赛一等奖、"众志成城战疫情"全国校园文学主题征文一等奖、首届"珠江儿童诗歌奖"金奖、首届"朱自清紫藤新苗奖"现场总决赛提名奖等奖项。出版诗集《朝阳升起》《飞翔的童年》《星空瞭望塔》《另一朵花开》、散文集《树上升起小太阳》。

李泽慧的诗

祈愿

蒙上面纱啊，不再闪耀的
碎片
静静蜷缩在泥沙中
看着远去的雁群
阳光、暴雨、无常的悲喜
明明是如此坚硬的
却也希冀着被温柔捧起
即使是上帝也不会理解的意志
仍然在这个世界蹒跚地存在着
永远倾斜的天平
却也不会褪色
让月光倒下她的温柔吧
洗净身上的泥沙
熠熠生辉的
是第三次闪耀的日光

林梓乔 2003年生于广东陆丰，广州华商学院汉语言文学大三在读，荔核诗社社员。作品散见于《诗刊》《星星诗刊》《草原》《滇池》《广州文艺》《延河》《散文诗》等文学期刊，曾获野草文学奖、江南诗歌奖等。

林梓乔的诗

夜里的看守者

被光牵着的人，像一个个提线木偶
仿佛股掌间事先都做了安排

看一眼就会破碎的月亮，躲进了云做的河
风舔舐着它的伤口，使整个夜晚在轻轻摇晃

不断让自己吐出的夜，将自己提在手中
把无法缝合的部分，当成石头扔进人间

天空的缝合线有些松散，那些走在夜里的事物
正穿过一扇扇看不见的门，向另一种透明靠近

纸上的村庄

纸上的文字，集体回望
一个被时间立体起来的村庄
我听见破裂声，河流、月光和虫鸣
一块儿被击碎，我把它们搬回桌面
拼凑重构，进行虚拟和修辞，直到
把春天扶起来。风的手在缓慢

教着云朵走路，连拍下的动作
像被分类的往事，在记忆中
却有着统一的轮廓
这片土地的呼吸声，需要伸耳来听
我削出双头的铅笔，其中一端指向
躲在稻浪里的童年。风的笔画开始收割
结在稻穗上的黄昏，我断线的风筝
此刻，放跑了整片天空

刘金祥 男，汉族，1992年2月生，现为湖北省作家协会会员、宜昌市诗歌诗词协会副主席、宜昌市西陵区作家协会主席等。有作品见于各期刊，出版合集《果园压枝低》，出版诗集《缝纫机上的母亲》。

刘金祥的诗

农民的理想

他说，种庄稼是为了起新房
他说，种庄稼是为了娶漂亮媳妇
他说，种庄稼是为了生胖娃子
他说，种庄稼是为供孩子读书
从山里面走出去，光宗耀祖
他说，种庄稼是为了给孩子买楼房
他说，种庄稼是为了给孩子找城里的对象
他说，种庄稼是为了养孙子
……
他说了一辈子，最后
他把自己像庄稼一样
种在了地上

刘乐山 男，汉族，1998年3月31日生，山东莱阳人。广西科技大学视觉传达设计专业研究生在读。作品见于《山东文学》《散文诗》《青春》《散文诗世界》《中华文学》等。

刘乐山的诗

万达东街

街道尽头　另一条街道开始延伸　花印在牌子上　春天
　　还不能离开
年轻的阳光下　人们带着新生的影子和具体的事情　绕
　　过彼此
温度低了一点　下午比上午慢了几拍　节奏没有打乱
扩音器里传出　空气年糕　烤红薯　蜜雪冰城甜蜜蜜
它们被装在袋子里　随着人们的步伐一同起伏
年轻的老板站在档口　年长的老板坐在旁边　棚子收了
　　起来　今天不会下雨
今天阳光明媚　影子已经成熟　该离开的走到尽头　尽
　　头出租车停着
人们坐上去　升起车窗　街道安静下来　今天站在中间
影子离得很远

刘欣黎 女，汉族，1999年3月出生，笔名壹粟，现于中山市文学艺术界联合会工作，现居广东中山。本科就读于燕山大学汉语言文学专业，研究生就读于广西师范大学比较文学与世界文学专业。

刘欣黎的诗

我们在这世间漫游

我们坐在江边看云
垂钓的人群，激起一层层欢乐
在傍晚，晚霞迟迟不来
停驻的是江风，蜷缩在蓝天的怀抱
为一场盛大的日落屏息凝神

我们穿梭在大街小巷
当黑夜塞满时间的每一处褶皱
来路长长，归路漫漫
岁月爬上眉梢，童心镌刻细纹
热烈消解平淡复融入平淡
人间理想，不过相爱在日日年年

我们在这世间漫游
山川在脚下，唯尔在心间
草木滋养泥土，爱情重写生命
虚度着，想念着
落入朝暮的欢喜越过人间世事
走一场烟火人间的旅途
漫游着走近，同游着走远

在死亡面前

奶奶躺在床上
干巴巴的皱纹撑起一张受苦的脸
干巴巴的身体蜷缩成一个瘦小的孩童
在鬼门关前，这具易碎的躯体
以八十年对抗世事的韧劲
与阎王爷交战

火在奶奶的内脏里燃烧着
争夺着领地，于是四肢
丧失了人间的温度，接近死亡
五官也弯成死亡的弧度
我盯着奶奶，徘徊在生命之线

我们呼唤，不同的音色
旋转在奶奶耳边
她急促地应着，似是本能
我们一次又一次按下"奶奶"这个启动键
像是检测生命体征的仪器
脸部跳动是曲线，呼吸停止是直线

死亡一次次涨上，又一次次退下
我注视，奶奶缓慢但有力的对抗
我伸出人间的手
让祈祷穿透黑暗

秦澜 本名秦瑞桉，男，汉族，1993年10月生，广东广州人，现居广东广州。于广州市第八十六中学任中学语文教师，系中国诗歌学会会员，广州市、肇庆市作家协会会员，广东省侨界作家联合会理事。有作品发表于《诗刊》《星星诗刊》《绿风》《中国诗歌》《江河文学》《椰城》《奔流》《佛山文艺》《辽河》《文学天地》《岁月》《2020天天诗历》《2020中国诗歌作品榜》《青年诗歌年鉴（2022年卷）》等二百余种文学报刊及选本。曾获各类文学奖三十余种。

秦澜的诗

在猫猫河

山翻越着山，远水在此驻足
禾浪反流穹天，与游云
俯瞰这苍暖的人间
风念诵着苗家的最后一封旧辞
在猫猫河，苗语轻流
稻田伸出翠绿的火焰
枫树是祖辈高擎的火把
它们直上云天，任落日
在黄昏的图腾里扮演最盛大的部分
在猫猫河，山会飞歌，云会斗酒
炊烟是祖辈不灭的烟卷
它腾起苗音
一些风翻过麦地，翻过我
在时光的起伏处
吹响，最震颤山河的苗笙

少亭 原名白妙婷。女，汉族，生于1998年9月，伊犁师范大学文学硕士在读，目前生活在广西贵港。白云诗社社员，河池市作家协会会员。作品发表于《青春》《滇池》《草原》《胶东文学》等，曾获第六届"名作杯"全国大学生文学作品暨论文大赛（诗歌组）二等奖、第九届中国·邯郸大学生诗歌节最具潜力奖、首届长江诗歌奖提名奖等。

少亭的诗

当孤独的风吹过山岗

当孤独的风吹过山岗
它是如此空旷

我只好用双臂
紧紧地抱住自己
如同抱住一个透明的影子

是人间永恒的事物
使我走向山岗
成为闪电
和怀中那个透明的影子

在那仅存的怀抱中
脚尖有了方寸的大地
它依靠那个点得以存活
是孤独，使我还原成粗粝的模样

宋春来 女，汉族，1994年2月生于广西贵港，系广西作家协会、广西文艺评论家协会会员。现供职于贵港市广播电视台。作品散见于《诗刊》及《人民日报》等报刊，入选《中国年度优秀散文诗》《青年诗歌年鉴（2021年卷）》《祖国万岁：多民族朗诵诗精选》《纯真的诗——2022年度中国儿童诗精选》等多种选本。已出版散文集《风华正茂》及《春天的约会》。

宋春来的诗

父亲去针灸

这个放过牛插过秧犁过水的人
这个曾以木薯南瓜充饥仍饥饿的人
他最终挣脱了牛绳的束缚
扎到了钢筋水泥打造的森林里
几十年过去，他的腰椎已劳损并且增生
此时不知道有多少根针扎入他的后背
我是一个见了针尖会打寒战的人
要是我见到一枚枚针扎入他的后背
估计有一阵子我的牙齿会打架
就像在寒风中站了很久一样

辛夷 本名张泽鑫，男，汉族，1988年生，广东揭阳人。鲁迅文学院广州高研班学员、广东省作家协会会员、广东财经大学校友导师。作品见于《新华文摘》《诗刊》《诗潮》《诗选刊》《作品》《星星诗刊》《草堂》等期刊，入选《中国当代文学选本》《中国新诗年鉴》《天天诗历》《中国青年诗人作品选》等多种权威选本。曾获万松浦文学新人提名奖、红棉文学奖等，多次入围华文青年诗人奖。2019年受邀参加花城国际诗歌之夜。有诗集《身体是礁石》。

辛夷的诗

暮晚山行

雨后，山色空蒙
渐入有无之境

一切事物
都变得不可描述起来

山风吹来溪水的欢笑
夕阳在水面写下变幻与莫测

沿溪行，傍晚的清凉和蛙鸣
如海浪在我们周围荡漾

某个瞬间，篱笆里的松火跃动着
我想到了家，内心无比温暖而明亮

我发现

我发现你的悲伤没有任何颜色
你的快乐却是新鲜的

你的歌声越过了池塘
简单又纯真，像雨滴落在清晨

你经过的溪边，鸟鸣挂满了树林
这是它们另一种幸福的声音

我发现你奔跑的时候，身后
惊起的绿色波浪像火焰

亲爱的孩子，我也曾像你一样
在春天默默用奔跑给未来写信

寂静统摄着一切

起初，是风轻轻吹动
那一湖碧绿的水水面的变化
微妙又细小，有人把斑驳树影
看成蝴蝶，然后是浅滩
沙子静止的模样，深沉静谧
仿若时间的琥珀。总有一些时刻
我们闻着青草或泥土的气息
微微一笑，心领神会
在无形中，是寂静
使风景产生了联动

叶青松 男，汉族，江苏淮安人，1997年生，吉首大学2022级中国现当代文学硕士生，湖南省作家协会会员。江苏文学院第七期（新人班）、第十期青年作家读书班学员。作品发表于《青年文摘》《中国青年作家报》《连云港文学》《翠苑》等刊物，获得共青团中央、中国作家协会主办的第四届"志愿文学"奖散文类二等奖。

叶青松的诗

初雪，以及一封情书

冰霰急促地敲打玻璃
催我看一场浪漫的初雪
是时候写一封情书了
鹅毛洋洋洒洒恰似笔尖的狂草
大地成为一张纯色信笺
银装时，世界皆是情语
我曾于灶膛内焚烧干柴
一堆白色的粉屑替岁月做证
这个冬天有太多的人离去
雪花，应有一份从焚烧炉内飘出
请在初雪这天许下愿望
我会为每一个陌生人写信
在雪停之前，一定寄达
邮费只需，一百二十吊

袁韬 生于1994年，湖北利川人，现居襄阳。襄阳市作家协会会员。

袁韬的诗

挂青

偏远的村子空落落的
一些荒废的老屋朽了，塌了
只剩几个老人顽强地守着
他乡的游子
回乡挂青，就像挂起了
杏花村的一面酒旗
杏花谢了，它依然开着
不断重现父亲头顶的那层积雪
遥远的记忆，只能靠它替我捍守
当它飘起时，我的思念便飘起

张铭洋 笔名何必，男，汉族。1998年生于黑龙江省哈尔滨市，现居湖南省长沙市，于湖南大学岳麓书院攻读博士学位。中华诗词学会、四川省散文诗学会会员。作品散见于《青春》《散文诗世界》《青年诗人》《文学天地》等。曾于第十届中国（海宁）徐志摩微诗歌大赛、第五届"三言两语"全国短诗大赛等赛事获奖。《南边文艺》2022年度诗人。

张铭洋的诗

数烟囱的少女

晚风期盼飞鸟，天际归还湛蓝
她伏在窗口，犹如刚睡醒的猫
慵懒的目光，沿着曾经熟悉的小径
渐渐爬上烟囱的额头
她回想起那些雪天，开始寻觅
盘旋郊野的烟，轧钢厂的背脊
云层遗落的糖，远山邮来的信
以及将暮未暮时分，懵懂的月
然而，没有期待中的重逢
是记忆脆弱，还是遗忘凶猛
她纤细的手指，缓缓触向日日闪耀的晚星
令她怅然若失的除了事物的消逝
还有和它们一同消逝的自己

蔚蓝眼眸

昨日灌溉着昨日，结出一朵略脆于冰花的希冀
眺望烟火的酒杯溢出了无意义的喜悦
终是徘徊感如影随形，扯回到眩晕的无间炼狱
那些仿若判官的画框，装裱着遗失称谓的热情

正襟危坐于藤蔓丛生的回廊，然而却没有判词

曾染白冬日的时令，如今冷成一段残缺的呓语
我的心像淋有一层过期雪色的棺椁
裹藏理想写给庸俗的、被灰烬反复诅咒的情诗
爱欲的背叛来得远比醒悟要早，沉沦的坦白中
天空微微泛紫，绞架上的迟疑有一双蔚蓝眼眸

张悦 笔名言拙，女，汉族，河南开封人，河南大学附属中学教师，文学硕士。河南省作家协会会员，河南省文艺评论家协会会员，河南省散文诗学会理事。诗歌在《星星诗刊》《诗潮》《草堂》《诗林》《散文诗》《星火》《延河》《上海诗人》《诗歌风赏》《奔流》《牡丹》等刊物上发表，诗歌评论在《中国艺术报》《星星·诗歌理论》《诗探索》《散文诗》《新文学评论》《四川诗歌》《猛犸象诗刊》《中文学刊》等刊物上发表。

张悦的诗

断桥

八十八岁的大姐，七十四岁的小弟
各自蜷缩在病中
多日未接通的视频电话
像一座无从抢修的断桥
几乎被初夏葱茏吞没了根基
六十五岁的外甥女
在桥板上徘徊，安抚无法抵达对岸的此岸

三个月内，送走母亲、父亲
阴云堵塞的喉头
无力释放一场暴雨
当泥泞终于从双膝退到脚踝时
久未燃放的另一挂忧惧
仍旧堆在感伤返潮的墙角
似已彻底哑口无言

愈合溃烂的降糖方案
针对左侧肢体的康复训练
从浑浊的期待底部，缓缓打捞起
深陷沉默的语词

六十五岁的外甥女
逆着时光湍流捡拾断桥的残骸
她怀抱的旧木匣
曾用来珍藏一枝绒花、一块手帕
快要攒齐修补现实的铁钉

张子威 男，汉族，1997年11月生于安徽宿州，广西民族大学硕士研究生在读。作品散见于《青春》《诗歌月刊》《作家》《北京文学》《广西文学》，入选第四届长三角青年诗人改稿会，获第四十届樱花诗赛三等奖、第二十届"相思湖"文学大赛二等奖。

张子威的诗

农民工

脚扎在泥土里，十六年
长成了树干般结实的四肢
到城市，做工地的小工
他挺直脊梁，半蹲，青筋裸露般起身
搬起一摞砖
搬起一座又一座山丘
搬起山丘上全家的生活
搬起医药费、奶粉和学杂费

他在搬砖的同时
砖块也在不停歇地搬他
把他从愣头青搬往雪花白
从耸立的松树搬往弯腰的松树
从打釉的松木桌面搬往磨损的松木桌面
只有一样尚未改变，城市
仍然很小，安置不下
一位农民工的家

钟一鸣　男，汉族，出生于1991年7月。学习单位：广州市图书馆。工作单位：广东省康复医学会。生活居住地：广东广州。

钟一鸣的诗

逐风

我们行走于平行的时空
你不经意的回眸
轻柔了我的梦
从此，生活多了一层魔幻
似要将这意外的相遇，归于朦胧

我四处找寻
找寻你遗落的那一缕风

我贪婪地张开双臂
只为将你吹过的风通通揽入怀中
将你的笑，镌刻在
随风轻舞的叶片中

朱映睿 女，汉族，1999年12月出生，暂居广东深圳，曾为新媒体编辑。现当代文学爱好者，开有个人公众号"八明八暗"，创作诗歌、小说、散文。在时间的湍流里用写作刻舟求剑，记录都市生活中普通人浅短贫困的三流时刻。

朱映睿的诗

维修

十年前的十字路口
总是绿灯闪烁
横冲直撞的除了车子
还有我
一张发生故障的SD卡
正执意保留
储存良多
一无所有

深夜快速转动
在真假莫辨的空中
把四肢合拢
不同的时空里
我们频频交汇在
相同的店铺

忒修斯之船
独自把自己拆了又修
多年前你在这儿哭过
我一无所知

却说
我当然
知道很多

粉笔的白尘
铺满了来路
灵感像长途的心脏
也已
片片脱落
有时多想问你
却又真的
没什么可说

雨伞一路颠簸
在大雨弥漫的日子
将自己收拢
我伸手与你交换
在若干年后
最终
一无所有

张诗涵 汉族，2004年生，福建泉州人，现就读于广东暨南大学中文专业。

张诗涵的诗

摄影

山与湖的对话里
白鹭掠过水面
无意成为谁的话题

雨中有人止步窃听
摄下一瞬的错觉

失真的滤镜里
白鹭不知道
它是唯一真实的孤独

火焰情歌

不是影子，从篝火和鱼尾中走来
是蝴蝶亲吻同样斑斓的梦境
奉献几滴色彩，让春天飞向
我的头颅，撞出春雷般的喜悦
我也听见那样的声音
当一块顽石，叩问野葡萄藤下
泛星澜的秋水，然后逐渐深沉至底

任由群山在时间的长鞭下四散奔逃
山岩破碎的时候，我们
就像风和白山羊一样相拥
把诺言当作披上晚霞的太阳
大逃亡中的山丘，曾向雪山学习
伟岸、屹立，而新鲜的日子向前滚动
淘洗沙砾，直到孤独闪光
往事焚烧我的双翼，一直以来
衔着石头问路，羽毛落满一片海
天真的故事里，赤色鸟，要邀请
一颗星星，一同在火焰中远行

李广财 男，00后，现为暨南大学珠海校区中文专业本科生。

李广财的诗

夏季漫雨

龙舟水的夏天
小雨淅淅跳动
草间
眼睛走在草间
溅进来那么多绿色的蚱蜢
是抹茶味
抹茶清甜

想象

看着她跑向我
像一只大鸟飞落到树冠上
撞响绿色的钟

第七辑
东北地区青年诗人

查干牧仁 1983年生，蒙古族。作品散见于《人民文学》《民族文学》《诗刊》《诗选刊》《星星诗刊》《散文诗》《飞天》《牡丹》《山东文学》《西部》《星火》等刊，部分作品入选各类年选及民刊。

查干牧仁的诗

低处

我相信，秋风会敲开
所有事物的门，小如蚁穴
也是大地上的一个入口

每一个蚂蚁，都能深入地下
替我叩亲人的门，替我
讲述世界的光明，讲述秋风
翻动万物如金，发出饱满的脆响

讲述我们和它们一样，从春到秋
搬动粮食和蔬菜
也曾在风暴中迷路，绕过
日光下的危险。回到低处后
一切安然无恙

我庆幸秋风一直往低处吹
让一切开花的都结果，让一切
怀抱果实的人都无所畏惧

蒙尘

供果渐渐失去水分
合十的手也多褶多皱
每月的初一、十五
菩萨都在耐心等这个
日渐衰老的人上香、叩拜
更换供果,允许她的健忘
让自己蒙尘,并报以宽慈的微笑

有时上完香,母亲就在供桌前抽烟
两种烟雾,缭绕成一种
更轻、更盈的轻烟
她的神情比菩萨更遥远

焦悦　笔名高高，女，汉族，1999年2月生，毕业于大连外国语大学。英语专八水平，现于沈阳市司朗德培训学校任英语老师。作品散见于《诗界》《诗歌岛》等刊物，以及公众号"六瓣花语""他诗"等。曾获首届"墨风杯"全国大学生征文大赛诗歌类第四名，剧本入围第二十九届光影星生剧本大赛决赛，有诗歌入选第二届杨万里诗歌奖，两次入围博鳌国际诗歌奖年度新锐奖。

焦悦的诗

一个泼妇的自白

最开始的时候，我叫静静
也可以叫我，端庄
就连坐着的双腿都没有权利
向着天空控诉

我还叫柔柔
它的反面
是我一次又一次
掩藏的伤口

直到有一天我遇见一个泼妇
她将我掩藏的伤口全部扯裂
那些被撕碎的伤疤里
长出彩色的云朵

李东轩 女，汉族，2005年生人，吉林师范大学在读，现居吉林长春。

李东轩的诗

我的春

我生于北国
一个春天十分短暂的地方
这里的春
仅仅如蜻蜓点水
匆匆而过
只留下点点含蓄而暧昧的水波
可是在这里
有我的春

是雨后的朦朦胧胧
又或是初升日光下泥土的芬芳
抑或是嫩生生的芽儿破土的声音
我的春
是欲滴的翠
是淋漓的香
是伸展的柳条
抑或是微风带来的轻声细响
我的春
不同于北国的春匆匆而过
我的春

是绒绒的
是明丽的
是万物生长

李佳奇 汉族，男，1999年生于哈尔滨市，哈尔滨学院中文系汉语言文学专业大四本科生，萧红文学院第二十三届中青作家班学员。有作品发表在《星星诗刊》《诗林》《绿风》《延河》《特区文学》《嘉应文学》《散文诗世界》《鸭绿江》《四川诗人》等文学期刊上。曾获中国森林诗歌节诗歌奖（中国作家协会·2021）、澳门新性灵国际诗歌奖（澳门比较文学学会·2022）等。

李佳奇的诗

时间静止容器

星河点亮你的橱窗，消解进梦
夜空释放出北极的光
从许愿瓶的透明玻璃中逃窜
组成一摊彩虹糖霜，交汇成河流
石头堆积起山脉正屡屡向前推进
我，在睡眠的自身
趁白昼的波涛还未来得及向上升起
去追赶果戈理步行街上
一些贩卖生活细节的旧物市集

窗台上放置的葫芦藤枝条
以龙形的姿态向左盘旋
试图用它棕色胡须，去挽留月亮
触角即将戳破额头上一颗玫红朱砂
我想，此刻就让月亮去魅惑太阳
云彩扮作霓裳，在朦胧的子时
放缓我们
正在经历的
时间与空间交叠的距离

时间很快静止
你曾说时间之外还充盈着时间
我已买回青年时的记忆容器
请别再辜负了
街角柳枝垂落的真实

李瑞　男，汉族，2005年生人，吉林师范大学在读，现居吉林双辽。

李瑞的诗

雪映冬颜

会不会等到推开门
看见昨日挂满金黄光影的树
突然着了一身莹白礼服
路旁松鼠抖着身上的冰晶时
我们拂去睫上的霜
才后知后觉地发现
世界和冬日撞了个满怀

就在昨日，云层慵懒下坠
坠成片片晶莹
落到树林掩映的石桌
落到行人的伞与肩
落到冬日静悄悄的地面
就此变成庄严纯白的雪

冬日为雪纯洁，却不因雪单调
青色松针从雪中探出头
橘黄路灯给雪的脸颊添几分天真烂漫
我们炽热的心给雪地燃起无火的暖
在这白色冬日里

有一道
从天这头直伸展到天那头的缤纷彩虹

我看见彩虹里的玫红、翠绿、金黄
不为素白所掩，只与纯洁相映
雪从天空款款而来
只为给世界添一份纯粹的色彩
与绚烂或深沉的颜色共舞
舞到来年雪化时

刘思含 女，汉族，2003年出生，吉林师范大学在读，现居吉林长春。

刘思含的诗

我无声的碎裂

我无声的碎裂
交织成雨水
汇于汪洋一片

我无声的碎裂
化作尘泥
勾勒出下一个春天

我无声的碎裂
幻成红线
将生命联结

我无声的碎裂
以燎原星火
点亮灯火万千

我无声的碎裂
用有限的生命
写就不朽的诗篇

刘宛昕 女，汉族，2003年生人，吉林师范大学在读，现居吉林德惠。

刘宛昕的诗

宇宙的诗

麻雀解答一切未知
宇宙是意义的孩子
我们在岁月与文明中行走
我们在宇宙中呼喊
直到那一刻的到来
生命与生命之外　宇宙与宇宙之外
不同的语言发出不同的声音
提出不同的问题
相同的是我们都没有答案

然后继续行走　继续呼喊
直至下一刻的到来
雨从人们的眼中落下　泪水在梦境中飘浮
在石头上刻下自己的名字
组成宇宙的诗
出生和死亡同时发生
生命是记忆的倒影

寻找抑或是一直寻找
回头抑或是一直回头
前进抑或是一直前进

罗建峰 2003年出生，辽宁营口人，鞍山师范学院汉语言文学专业学生，营口市作家协会会员。

罗建峰的诗

相隔

岸在拔河
对岸人影子开出花
三月很软　三月里的愿望
立在河水最浅的地方
如活着的贝类
石头开始呼吸
隔岸把火误认为伤痕
隔岸而行
竹筏爱上你指尖的逆流
雨大的时候
一个人默默从镜子里
捞出液体的笑容
隔岸取日光
隔着旧物去爱
木槿花纷纷飘落
那些已故在云里俯瞰我的人啊
世上灰尘太多
年龄在进步
越来越多的事物被认作彼岸
我们永隔着
一条河的生死

青花雨 本名王林凤，1983年出生。中国诗歌学会会员、吉林省作家协会会员。作品发表于《作家》《光明日报》《中国诗歌》《诗歌月刊》《延河》《海燕》《阳光》《北大荒文学》《岁月》等报刊。有作品入选《中国年度诗歌精选》《中国微信诗歌年鉴》《海内外华语诗人自选诗》等多种年度选本。

青花雨的诗

新年第一日

太阳透过褐色的树林
投来古老的光线
大地静默如子，承纳恩泽与照拂
辽远的空旷逐渐暖起来
一切都是新的
第一序章描述着昨夜的一场雪
雪上铺满红色的爆竹碎屑
欢喜来自门前的杨树枝上
屋子里的人从炉膛中，钩出一粒粒炭火

孙闻憶 女，汉族，生于2001年10月，现居吉林长春。现就读于哈尔滨师范大学。中国诗歌学会会员。

孙闻憶的诗

天牛

我独坐在庞大的寂静中
它像一顶玻璃雕的天穹
预留空泛的回音在壁上磕碰
水泡在芦管里破裂
这夜的脊椎过早地弯折
为的是在熹微中抬起我童年的棺椁
青蛙鼓起膨胀的肚子和鳃
与棒络新妇蛛的蛛网发出同频的哭声
石英岩被一滴露水浸透，忽然睁不开睁了千年的眼睛
绿的铜锈侵蚀了红的瓷瓶
被咬得发痒的梅花瓣就这么飘落
一个能听到花瓣抱住水的人
总是会因此想起些事来
比如，蚂蚱挤在小匣里的气味
粘在蛛网上的月亮
以及坠下树，被花朵压住的天牛
我的童年靠着
这些花蜜与蛛网餍足

王文雪 90后，吉林省作家协会会员。作品散见于《诗潮》《诗选刊》等文学刊物。

王文雪的诗

与鱼说

允许碎裂，允许它带着蛊惑越过一条安静的小溪
当再次讲到清与浊，讲到奔放与静谧时
麻木的垂钓者，正在触碰我笨拙的身体

那些被允许的野性和贪欲，以及被问询的形骸
有一部分被抬起
是的，我们不应该恐惧
关于获取或是陷落——

你看水中的倒影，看天上的云
有时追着风跑，有时随风而去

灰鸟

天空褪去青色，在夜晚撕开一条口子
看那些悲伤的灯火
闪烁，闪烁

我们挣脱不开囚牢的枷锁
吃不下那些让人睁不开双眼的灰色

我们无法永远站立
我们不愿平庸地生活

一束束阳光躲了起来
你看，有一些月光飘浮在高处
——声色犬马的大街
堆满空荡荡的灵魂

魏鸣阳 女，汉族，2004年生人，现居吉林长春，吉林师范大学在读。

魏鸣阳的诗

奶奶

杏花如雪的日子
魂牵梦绕　泪湿衣襟
遥远的故乡一切安好
低矮的土坯房里
传出动听的歌儿
旱烟袋冒出那缕缕有温度的青烟
衬托着一张乐观而满足的笑脸
秧歌调里的大鼓
敲动您的向往和爱
伏在您温暖的脊背
我走出了村庄
走向遥远的地方
昏黄的灯光
破旧的木窗框下
那带牙印儿的大黄瓜
是我留给您的思念
您的爱永驻心间

袁佳运 男，1997年9月27日出生，汉族。大连外国语大学文学硕士在读。作品散见于《星星诗刊》《江南诗》《延河》《飞天》《散文诗》《海燕》《鹿鸣》等文学刊物。在2023第十届中国（海宁）徐志摩微诗歌大赛中，获得大学生组银奖，在2023第四十届全国樱花诗歌比赛中获三等奖。诗歌入选《2023华语诗坛排行榜》《2023中国诗歌大展》等诗歌选本。

袁佳运的诗

生火

进入姥姥旧屋，敦实的炕旁
是水泥的灶台，正面
山谷般空间，迎风
右下角，放置着木柴
姥姥做饭的时候，一手拿着黑色胶皮
一手用打火机的火苗点燃胶皮
黑色的油与红色的火
相互纠缠的伤痕
在木柴建筑中愈演愈烈
吹风机通上电，火势更加高涨
木火温暖，小时候的我
总是在这个时候蹲下来，看着
木头燃烧，听着偶尔噼啪的声响
看着木头颜色逐渐变成夕阳
黑色幕布，几道岩浆
总是觉得会闻到木头的清香
一点一点进入坟墓，一股一股清香
不知是我想象力虚构
还是现实的确如此
但凝视柴火燃烧

让我的心房感到暖流充盈

这时候，往往会出现姥姥的"吃饭了"
打断我飞出天际的想象，木头的阶梯
轰然倒塌，但是那股暖流与清香
久久盘旋于脑海。不过，如今这些
都已经只能依靠记忆的片刻
还原。生火的木头还在，已经没有
守候的人。朴素的木头也不再肩负
保证食物入熟的责任。我，在长大的过程中
也失去一些能力与感觉

张凌睿 女，汉族，2004年生人，现居吉林四平，吉林师范大学在读。

张凌睿的诗

秋

北方的秋
早已泛黄的银杏在空中打着转儿
飘落时又毫无声息
厚厚地在地上积着
带来了秋的讯息
秋天的风略带寒意
不那么温和地吹着
惹得湖面泛起涟漪
将树梢本就所剩不多的叶子一并拂下……
秋的阳光却很善良
柔柔地绕着灰雁
进行着无声的告别……
北方的秋
没有秦淮以南那般多情绮丽
却是人民储着冬菜的温馨
是人民所期盼的丰收时节
是在忙碌劳累中不曾改变的对生活的热爱
北方的秋
于金黄饱满中孕育着新的希望
是一望无际的收获图景

是冬日酷寒前的最后温存
是每个北方孩子刻在骨子里的浪漫

赵馨宁 女，汉族，2003年生人，延边大学文学院在读，现居吉林四平。2023年入围第八届中国青年诗人奖。

赵馨宁的诗

就这样走向春天

蛰伏了一个冬季的心事
沉沉融进季节的期盼
没有诗的光阴里
日子凝成鲜活的画面

风渐次吹醒大地
一切有形无形的事物
仿佛都在慢慢清朗
枯树　干草　花朵
不断地焕发新颜

看天空偶尔飞过的鸟儿
似乎想传送什么讯息
想问一问春走到了哪里
是在路上还是走进跨季的门槛

融融溪水汇入江河
草木悄然抽枝发芽
人类播下各种希望的种子
投入温暖的大地母亲

透过青天与远山
我双手合十
祈望阳光和雨水适时适度
助力春的完满
绘成一幅幅春的美卷
让故事浪漫地流转

初雪的告白

北风吹散了叶的梦
天空的思绪释展
拉开了又一季的幕帘
仿佛是积久的故事
总要娓娓道来

不知是怎样的心思
温度渐渐冷凝
纷扬出晶莹的花朵
带来了飘洒的纯白

此刻
恍若步入童话王国
一切可以触到的形态
都有初雪的呢喃
柔柔地汇入万物的胸怀

大地覆一层被子
山峦略施粉黛
树木戴上白冠
世界瞬息披上了圣洁的色彩

初雪的告白
纯然而低低地倾诉
天与地联袂演绎
为春天搭起一季的舞台

赵艺凡 女，汉族，2005年生人，现居天津滨海新区，吉林师范大学在读。

赵艺凡的诗

祈祷

这片寒风呼啸、雪花纷飞的土地上
一切灯红酒绿都有一种不现实的割裂感
仿佛在白天来临时就会消失
但就是这片贫穷的土地
养育出了勤劳又朴实、热情的人民
种出了累累硕果
供养了中华大地上的每个儿女
终有一天
光会降临到这片伟大的土地上
赐予人民幸福、温暖、富有

邹雨含 女，汉族，2004年生人，现居吉林榆树，吉林师范大学在读。

邹雨含的诗

生命

滴答滴答
生命在作响
那一滴一滴
构成生活的点点滴滴

生命是一场旅行
来往的人匆匆
时间被无端填满
我们不断忙碌

每个时间
都有生命的过客
有人与你共赏星汉灿烂
有人与你携手等待暖阳

生命有生命的意义
努力过后的欣慰
成长过后的教训
都给了我们生命里最大的财富

生命这条长河
时常激起心中的波澜
唯愿时光荏苒的生命旅途中
找到活着的意义
找到所爱并被爱

伊卫行 男，90后，黑龙江人。现居哈尔滨。热爱诗歌艺术，曾在多地游历。

伊卫行的诗

生命中的一天

天色微明
街边小店冒着热气
小货车嗡嗡作响
经过三两行人
他们步伐轻快
忙着奔赴光明
一对老人
拄着拐杖
相互搀扶
步履蹒跚
眼含笑意
幸福早已被遗忘
在无数平凡的清晨

晨曦洒落花瓣
麻雀相约在枝头
六根弦太过乏味
曾经的热爱已渐渐消亡
一瞬间
仿佛看到生活是他们制造的假象

狠狠摔碎
跌入深渊
坠入泥潭

窗外像是什么都有
只是没有刹那永恒的回眸

在人间

我掉进光阴的缝隙里
手边是许久未见的麦田
窗外向阳花开
于无声处一整个夏季温暖
仿佛不存在于世间
天空是蔷薇的颜色

已没有多少事能让我惊叹
可我还是讶异那个戴着草帽的少年
还没迷失在欲望里
这纷乱的世界
置身事外又身在其中

经过的人
他们低着头
细数那些关于
柴米的事
沉默着期待
来日方长

繁星于昨夜
落尽繁华
梦醒的人

热泪盈眶

不言不语
在每一个无所事事的日子里
热爱生活

第八辑
诗歌评论

> 谢雨新 女，90后，文学博士，青年诗人，任教于南昌大学人文学院。

2023年度青年诗歌简论

谢雨新

谭五昌教授主编的《青年诗歌年鉴（2023年卷）》即将付梓，这真是青年诗人们一年一度的"如约而至"——一百五十余位青年诗人在2023年中创作的代表性作品在此结集，为我们带来了既体现时代脉搏又彰显个性风采的青年诗歌盛会。《青年诗歌年鉴（2023年卷）》不仅是编者与读者对当下青年诗坛的一次深情注视，还是当代青年诗人创造力与想象力的一次集中展示。

就诗歌创作而言，每一位写作者的创作都受到其成长背景、生活环境、个人经历的影响，呈现出不同的特质，自然不可一概而论。但是，同为"青年"写作群体，也有着某些相似的时代精神、创作主题、文学倾向、写作特质。这本《青年诗歌年鉴（2023年卷）》为我们把握当下青年诗人的创作特质提供了一扇宝贵的窗口，透过它，我们可以窥见青年诗人们的思索与感悟，听见他们作为"群体中的个体"的创作声音。以下从四个方面，大致总结2023年度青年诗人的创作面貌。

一、个人经验与情感之歌

在中国文化的源流之中，诗歌与情感始终紧密相连。

《毛诗序》中有言:"诗者,志之所之也,在心为志,发言为诗。情动于中而形于言……"诗歌是情感的表达,当个体经验生发为情感时,诗歌便自然而然地通过语言形成了。纵观当下青年诗人的创作,情感也始终是强大而重要的文学内驱力。

可以发现,许多青年诗人擅长通过生活的细节抒发情感,重构个人与世界的关系。比如今年的年度推荐诗人肖扬的作品《浑然不觉》,就以细腻的笔触和深沉的情感,通过油画这一意象,书写"你"与"我"之间的关系,展现了时间的流转与个体的成长。诗歌开篇回忆小时候画过"你",却画不像,只能凭借记忆追寻。初夏黄昏重逢时,"你"已长大,与记忆中的模样不同。诗人随即写道:"我回到孤寂的教室/终于找到了那幅油画/那上面已经没有了你/我在那上面又画过/无数的人像和郊外的树林/也许,还画过自己。"诗歌拉近了人与人之间的距离。厚厚的颜料遮住了"你",诗人每刮掉一层仿佛都是向"你"、向自己靠近的过程。而诗题《浑然不觉》则暗含淡淡的遗憾和怅惘——直到再次见到"你",才明白所经历的一切都是为了再次描绘"你",可时光已悄然流逝,当时的生活瞬间也只能留存于回忆之中。蔡英明笔下的"自己"让人耳目一新:"我因为透明/而活成了自己。"(《透明》),"在大海与落日之间/我选择一个虚词//这个虚词要足够大,大到所有的荒凉/都忽略不计。"(《虚词》),通过世界之大和个体之微,展现了诗人内心的丰富世界。一梅的《某些日常》直接以"日常"为题,实则是用诗歌寻觅仿佛被层云细雨遮蔽的生活之光。

古往今来,亲情始终是诗人们最为关注的母题,它以温暖且强大的力量,深深地触动着诗人们的心灵。血浓于水的真挚、无微不至的关爱以及难以割舍的牵挂,融入一行行诗句当中,使得亲情这一主题在诗歌创作之中历久弥新。如余雨声的《天空之城》:

冬天是悄然融化的
春光乍泻
沿着山脉与屋舍
还有麦田
北去的孩子
乘风,匆忙飞过
只有母亲,融进
田埂的一束稻花
遥远的天空之城啊
你掠过时别忘记
回头,看看她

诗中表达了对母亲的眷恋，以对写的方式书写春日的生机与思念的绵长，读来感人至深，又颇有新意。罗紫晨的《外祖父与酒》《祖母的絮叨》提供了丰富的生活细节，读来令人动容。其中还有一些作品关注身边的陌生人，但由于诗人细致的观察，这些"陌生人"的身上也仿佛有了亲情的闪光，比如林萧的《放风筝的老人》，写因放三年风筝治好颈椎病，又期待治好肩周炎的"瘦小得弱不禁风"的老人，"在大风中牵着风筝来回走动/暮色降临，他将风筝一点点收回/身上的疼被风一点点吹远"，文笔悲悯，细节真实可感。

借物抒情也始终是中国诗歌抒情传统中重要的一脉，可以看到，青年诗人们也熟练地运用这种审美方式和思维方式，从自然万物中感悟人生的哲理和情感的真谛，将自然与人类共通的情感紧密相连。萧逸帆的《墓碑》通过一只麻雀的死亡，写生命的轮回与生生不息，将死亡写出力量。诗的开头写"今早死去的麻雀/有一片树叶覆盖/露水沾湿了它的羽毛/整个森林为之哀悼/在我心里竖起一块墓碑"，而最后为这个悲伤的故事写出了一个光明的结尾："今早，阳光耀眼/照暖了全身/世界已悄然改变/我也不是昨天的我/我心里的墓碑又多了一块/为昨天的太阳/刻上永恒的霞光。"诗人树影通过犀鸟的成家和繁育，用比拟的修辞手法写出人类的爱情，"就像我和你，沉浸在彼此的温瞳/瘦削的身影，慢慢长出羽毛"（《犀鸟》）；没有雅致名字却长得精致的猪牙花，也让诗人想到女子的慈悲和诗意（《猪牙花》），体现出较为明确的人文关怀。唐鸿南的《每一棵树》、刘华的《雨》、王悦的《蚓》，也可视作这一创作倾向的代表性作品。

二、智性光芒与诗性之思

在当下，丰富的知识资源和系统的文学教育为青年诗人提供了广阔的创作视野和深厚的诗学底蕴。从古代的诗词歌赋到现当代的优秀文学作品，青年诗人在阅读中领略了不同风格、不同主题的文学之美，这使得他们的诗歌创作呈现出多元和创新的特质。

许多青年诗人在创作中巧妙地融入了古典诗词的意象和意境，赋予现代诗歌以古典的韵味，与文学传统的对话使得青年诗歌创作兼具传承和创新。令人惊喜的是，他们在阅读经典作品之时，不是被动接受，而是主动思考——他们往往以自己的生活体验和情感感悟为基础，重新诠释和演绎文学传统。比如，李新新的《大雪》，立意、措辞皆浑融有味。诗歌以雪为媒介，巧妙地将个体的回忆、情感与文学经典相融合，营造出一种既空灵又深沉的意境。诗歌最初写雪的"清凉，化为一种软糯和香甜"，在诗人眼中，雪不仅仅是一种自然现象，更是一种能触动内心深处柔软之地的情感符号。雪场上的"两个人影"，父亲高大的身影如同一座丰碑，画面充满温情与眷恋。接着，诗人笔锋一转，将作品引入曹雪芹的

"最后一场雪"之中,在呼应文学经典的同时,慨叹人生无常。在诗歌的最后,诗人仿佛再次被雪包围,回到儿时,想要努力堆出父亲的背影,诗人笔下的雪成为连接过去与现在、现实与文学世界的桥梁。入选"青春诗会"的范丹花的不少新作皆有可观之处,相较于之前经常见诸其笔端的西方文学经典,近来,中国古典文学也成为她的文学资源,《郁孤台下致稼轩》就是一例。诗的开篇将辛弃疾的忧郁比作从南宋的版图中奔涌而来的一条河,瞬间营造出历史的纵深之感,诗人笔下作为见证者的"清江水",何尝不是如诗人一般的过客?野子的《在秦州想到杜甫》,也有异曲同工之妙。

阅读、体悟和静观默照,也经常浮现于青年诗人的笔端。在纷繁复杂的世界里,青年诗人们习惯通过深度思考,寻求内心的成长,他们能够捕捉到那些被常人忽略的细节,感受到大自然的美妙与神秘,或深入自己的内心世界,探索孤独、心灵等命题。如张端端的诗歌《初雪》:

谈到孤独,诗集在书架上
落满雪。清冷,紧挨着
秃木,好像它从来如此

一个人在等另一个人翻看
他们未长久生活,所以
这里将没有窒碍

谈到孤独,书页又发出一种
尖锐的催促,好像已经
没有理由不离开

现在,翻看诗集的走了
可还有人在写,没被带走的
都像落下的初雪

这首诗通过对诗集、初雪、秃木等意象的巧妙运用,表现了人们的孤独和在孤独中不断探索和寻觅的精神,正如诗歌结尾一节中写的:"可还有人在写,没被带走的/都像落下的初雪。"这里的"写"可以理解为诗人借由诗歌表达对孤独的抵抗,蕴含着新的希望。蔡森的《牧场》着力书写心灵的自由:"在草原上放牧/也在心底放牧/灵魂被抬到体外/无须牛羊和马鞭/虚空之上是宽恕。"卢悦宁的《在银滩》描写沉溺与清醒:"我沉迷于这小小的/负重感、陷落感/包裹肌肤的/尽是时光淘洗过的银粒/细密,饱满/浑然天成。"而席地的《醒来》《安眠曲》两首作品,一首是追求自我觉醒之作,一首是被外物惊醒之作,读起来颇有意趣。吴硕的《审美超越》、言小语的《凝聚》,宁静之中有深度,诗人们在智性思考和生活经验之中交错运笔,使诗歌具有一种独特的气质。

三、行吟之旅与精神之乡

《青年诗歌年鉴》这一选本基本以作者的出生地或常住地为编排标准,每个诗人不同的生活背景、生活经验,融合鲜明的地域文化和其游历体验,形成可被观看和阅读的"风景",透过文字进入读者的阅读体验之中。比如,在余元英的笔下,河水仿佛有了诗意的层次:"三分之一留给河水/将上游的祈福和我的目光送到更深远的地方/三分之一留给白杨树/有风吹过,翻飞的树叶成为另一条流动的河/三分之一留给河沙/软绵绵的,等待月光湿漉漉地爬上来。"(《拉萨的河》)梁甜甜的《郊祭坛》让人感受到历史的苍凉和东北土地的广袤:"北风啃噬着岁月的波纹/在稻田的私语中/金色的麦浪哼着金源的歌/遥远的王朝被重新拾起//收割皇城内外的丰硕/广袤无垠的远方/包蕴着跨越千年的黑土/以及人民亘古的苦乐。"苏瑾《夜色中的灯火》中对海鸥的描写,让人瞬间联想到大连这座美丽的北方海滨城市,而诗中又有更大的抱负:"我在北方的海里注视南方的叙事/这个时代,总有年轻的勇士/激荡出满腔抱负/海那样柔,又那么有力量/心渐渐被点亮。"类似的创作还包括谢雨新对江西历史文化的写作(《别摇动我的心,我不知道该说什么话》《云雾》《落星墩》《醉石》)、刘倩对现代行旅的体验(《异乡》《在列车上》)等。

尽管思乡是在文学传统之中被反复书写的主题,但它从未失去其魅力和感染力。对于诗歌写作者而言,站在巨人的肩膀上,把思乡之情写出新意并不容易,但是,青年诗人们尝试从新的角度去审视和表达这份永恒的情感,为思乡诗带来了新的内涵。正如安然的《贡格尔草原之夜》,第一节通过景物描写和叙事,瞬间将读者带入了贡格尔草原宁静而又充满生机的夜晚,草原神秘而辽远,诗人与故乡草原融为一体。而情感的书写主要凝聚在诗歌的最后三节之中:

> 我是那么小,那么软
> 秋风吹着我紧张的、战栗的瞳孔
> 勾勒出我心中的宏伟和高光
> 我又一次在故乡的深夜里辗转

陷入无限的困境

　　怀着对故土和兰泽的敬畏
　　我的深情被昼夜之爱包裹
　　汽笛在贡格尔草原的公路上长鸣
　　一切都变得平稳、厚重、悠长
　　故乡在我的背部向羊场撤退

　　夜的静谧在蔓延
　　我在古老的月光下饮草叶的锋芒
　　这么香甜，这么重
　　如此相逢，让我在味蕾中
　　对故乡生出新芽

　　从年少的自己辗转于故乡的深夜，陷于"困境"，到"汽笛"的"长鸣"带来故乡的后撤，最后到多年以后重回故乡，对故乡产生了新的认识，诗歌描绘的情境层层递进，诗歌的情感更加深沉复杂。在外求学多年的王珊珊，以《最瘦的月光》极写思乡之情，整首诗语言简洁，富有表现力。"离家越远，月光越瘦/除夕夜，在遥远的水边/我拥有了这世间最瘦的月光。"诗歌的开头巧妙地运用象征，对接了中国的文学传统，离家的距离与月光的"胖瘦"形成了一种呼应关系，形象地传达出离乡之人内心的寂寥。诗歌的最后一节，"往炒锅里加入云南的红辣椒、青花椒/模仿父亲炒小菜的手法，以此嫁接乡味/再烧一锅水把汤圆煮胖/月光变胖，乡愁也越来越胖"，以动作和细节表现思乡之切，因为家乡的味道在身边被模仿出来，故乡与亲人似乎越来越近，但乡愁也愈加浓重。柳碧青的《听说故乡在下雪》也采用了类似的写法，值得借鉴——诗歌将抽象的乡愁与具体的雪景进行对写，"乡愁太抽象/远不及一场雪来得具体，来得令人浮想联翩"，使作为情感的乡愁通过具体意象变得更加形象可感，突出了思乡的主题。

四、时代风貌与观察之眼

　　刘勰在《文心雕龙》中有言："文变染乎世情，兴废系乎时序。"在当今社会快速发展的背景下，青年诗人以诗歌为载体，表达着对社会的关切、对人性的探索以及对未来的憧憬。他们用独特的语言和视角，记录下时代的变迁和个体的成长。林杰荣的《慢火车》以绿皮火车为书写对象，表现了对"快"与"慢"的思考："慢的事物，都有它的轨迹/像一颗种子，发芽，开花，慢慢向上/绿皮火车拖着草原上的落日/把陈旧的时光，一节一节运到远方。"他的《集装箱》同样关注时代变迁过程中被遗忘的物体，有一定关切意识。龙飞宇的《我的手空着》是一首指涉较为丰富的主题性创作，"有些手是空着的/就像此刻/我轻轻抚摸烈士的墓碑//碎裂的冷雨/从杜牧的笔端纷纷落下/织成山河的涛声"，交织着古代和现代、英烈和山河。

　　也有一些作品展现了青年诗人的内心世界与广阔的宏观社会在特定的瞬间相互碰撞、交融。在作品中，作者们往往通过敏锐的感知和深邃的思考，精心捕捉一些极具意义的诗歌时刻，这为青年诗人的诗歌创作开辟了新的路径，极大地拓展了诗歌经验的时代空间。鱼小玄的这组作品，呈现出较为圆融的诗境。她在《深巷少年》中，写青涩热烈如杨梅般的暗恋，但其中穿插着丰富而淳朴的生活细节，读来令人亲切："竹器店的伙计将日子削成竹篾/阿公端茶缸走过修车铺、酱油店、象棋摊。"《山坳人家的橘酒》展现了"山民采蕈子、烘瓜晒豆/收了棉花缝袄子，酿几坛橘酒/等霜等雪落下来"的酿酒场景，把凡俗生活写出了诗意。《那年，琥珀色小镇下了雪》中的静谧水乡，充满梦境般的怀旧氛围，"老船篷涂过桐油烟煤/乌黑油亮，雪渐渐落在船篷上/旧日子是冰封冻结的河湾"，小镇那位年迈灯匠，用姜丝烫暖黄酒的祖父，馄饨店，酱鸭铺子……思念如潮水般涌来，却又悄然而止——"琥珀色小镇下了雪，时间如玉璧/一圈圈温润玉泽，沿河呼啸着北来的风/檐廊下挂着灯笼，水乡人早早都睡了。"臧思佳的《红沿河，花溪谷》极富音乐性，描写自然、可爱，读来让人印象深刻。同样于2023年入选青春诗会的郑泽鸿，擅长写海洋，其《渔歌》可视为对儿时经验的回望以及对当下生态文明的赞颂，是一篇抒情之作。

　　　　木麻黄守护堤坝
　　　　在清晨的滩涂
　　　　那一声声儿时的螺号
　　　　温暖着讨海的渔民
　　　　他们每走一步
　　　　沙滩就柔软一分，海浪就掀起
　　　　更晶莹的幕布
　　　　覆盖淡蓝色的忧伤
　　　　冷风中
　　　　孤岛射出一群鸥鸟
　　　　它们抖搂的灵光，是否被大黄鱼捕获

> 闭眼聆听潮声的刹那
> 我决定弯腰
> 拾捡几片贝壳
> 带走一角浩瀚的汪洋

儿时的螺号声唤起了诗人内心深处的温暖回忆，那是一种对过去简单而美好的生活的思恋，讨海渔民的每一步都让沙滩更加柔软，海浪更加晶莹，人与自然以海洋为媒，和谐共处。冷风中的鸥鸟和大黄鱼则引发了诗人对生命的思考，那一束"灵光"，闪现着大海的生生不息。在诗歌的最后，已经长大的诗人捡拾贝壳，带走回忆的一角，有关于故乡的美好记忆也在诗歌之中封存起来，展现出个体与时代的复杂关联。

除了上面论及的诗人，敬笃、周园园、王钧毅、秀春、荆卓然、左右、李振、李旻、钟业天、马永霞、罗派、北潇、甘恬、王文雪、杨阿敏、包文平、林映君、芸姬、张容卿、孙倩颖、张诗涵、伊卫行、袁丹、赵馨宁、章雪霏等一批青年诗人2023年度的诗歌创作，都有不俗的表现，或有其可圈可点之处，他们的创作手法与艺术风格丰富多样，但都展示出不可低估的艺术潜力。总之，通览《青年诗歌年鉴（2023年卷）》一书中的所有作品，每一位热爱诗歌的读者都能从中感受到青年诗人们艺术创造上的蓬勃朝气与无限可能。我们欣喜地看到，锐意创作的青年诗人们发挥各自的优势和潜力，以自己的方式书写时代的风貌与个体的思考，为当下的诗歌创作注入了新的活力，也为当下的艺术探索开启了更大的可能。

编后记

青年诗人作为新世纪（21世纪）中国新诗创作的新锐力量，为新世纪的现代汉语诗歌创作注入了崭新的活力，构成了当下现代汉语诗歌的希望之光。正是基于对青年诗人诗歌创作的十分关注与高度重视，自2015年起，我本人连续多年主编了《青年诗歌年鉴》，以年度选本的形式展示出广大青年诗人的创作实绩与艺术风貌，获得了海内外广大青年诗人的一致认可与广泛好评。尤其是一批诗坛知名批评家与诗人朋友，对我主编的《青年诗歌年鉴》所具有的出版价值，持续予以大力支持与充分肯定，有力地凸显了这个年度性青年诗歌选本的独特价值与重要意义。

与往年一样，根据我对青年诗人们（15岁至40岁之间）2023年度创作的诗歌文本的阅读印象，我感觉他们的诗歌创作整体上展示出的非凡实力与巨大潜力不可小觑，值得高度重视。因而，我本人越来越持有这样的坚定信念：《青年诗歌年鉴（2023年卷）》一书系当下极具特色与亮点的诗歌选本之一，将随着时间的流逝日益彰显其非常独特的审美价值与十分重要的文学史价值。根据我个人的观察与阅读印象，在2023年度，林萧、范丹花、肖扬、安然、蔡淼、罗紫晨、卢悦宁、林杰荣、言小语、蔡英明、树影、野子、张端端、鱼小玄、王珊珊、敬笃、甘恬、沐昀、李新新、周园园、柳碧青、刘华、一梅、龙飞宇、梁甜甜、苏瑾、刘倩、吴硕、秀春、臧思佳、鹤晴天、钟业天、马永霞、罗派、王文雪、章雪霏、袁丹、孙倩颖、芸姬、冀秀成、肖博文、张诗涵、赵馨宁、徐毅、李泽慧、黄海等一大批80后、90后、00后诗人在本年度的诗歌创作中有着良好或比较抢眼的表现，他们的诗歌写作在思想艺术层面所展示出来的可观创造力、巨大潜能以及新的可能性，值得我们充分肯定与期待。关于这一点，90后批评家、诗人、南昌大学人文学院青年教师谢雨新在其年度诗歌综评性文章《2023年度青年诗歌简论》中，对前面我所提及的青年诗人中的部分人的创作进行了具体阐述，兹不赘述。

令我感到高兴的是，《青年诗歌年鉴（2023年卷）》一书的出版得到了安徽文艺出版社的大力支持，我此前与安徽文艺出版社有过很好的合作，在此对该书的责任编辑张星航先生，表达我个人的敬意与谢意！在该诗歌选本的编选过程中，我的弟子陈琼、唐梅等，以及盛奇敢、王颖、雷毅、吴硕、冯佳艺、迟英杰、张依林、王美丹、王子博、温贵喻、魏信迪、刘丹、塔吉雅娜、杨浩、杨秋梅、吴淑玄、李曾琼、董姝雅、陈家仪、龙小园、窦善玲、阮亚妮、王李露、王濡扬、叶贝贝、晏子懿等北京师范大学子们，积极热情地帮助我做了诗稿录入与初步编排等具体工作，在此一并表示感谢。

是为后记。

主编　谭五昌

2024 年 9 月 1 日深夜，写于上海旅次